# MAZAG

*ROBERT SOLÉ*

# MAZAG

roman

*ÉDITIONS DU SEUIL*
*27, rue Jacob, Paris VI^e^*

ISBN 2-02-039280-1

*Pour Manuel*

# 1

– Il a le bras long ! disait-on au Caire, avec des sifflements admiratifs.

Au début des années 60, notre cousin Basile Batrakani passait pour l'un des hommes les plus puissants de Paris. Mais personne ne savait très bien ce qu'il y faisait. Pour les uns, il était courtier ; pour d'autres, négociant ou financier. Un homme d'affaires en tout cas, et d'influence certainement. Dix ans après son départ d'Égypte, celui qu'on avait toujours surnommé BB était devenu un mythe.

– Nous aurions dû déposer la marque ! lançait un membre de la famille à propos d'une actrice française surgie entre-temps sur le devant de la scène.

Certains disaient « Bébé », d'autres « Baby » ou encore « Baba » (papa, en arabe). Un surnom pour chacune des trois langues de notre univers cosmopolite, ce qui était bien le moins pour un homme d'une telle stature...

Sa réussite donnait lieu à des récits confus et contradictoires. Il faut dire que les informations circulaient très mal entre Paris et Le Caire : les voyages à l'étranger étaient alors interdits ou sans retour, et l'on se gardait de toute précision dans un courrier ouvert par la censure.

Ayant obtenu une autorisation de sortie du territoire pour aller faire des études en France, j'entendais de tous côtés le même conseil :

– Dès ton arrivée là-bas, va voir BB.

Bien sûr que j'irais voir BB ! Quitte à me heurter à une armée de gardes du corps et douze portes blindées. Sur qui d'autre aurais-je pu m'appuyer à Paris ?

– Il te trouvera une maison, m'assurait-on.

Cette manière de tout embellir... Nous appelions « maisons » les appartements, comme d'ailleurs les studios, et même les chambres de bonne auxquelles je pouvais à peine prétendre.

Aussitôt débarqué à Orly, et encore sous le choc du silence glacé des longs couloirs de verre, je tentai de téléphoner à l'illustre cousin. Il me fallut trouver un jeton, puis un appareil, puis le mode d'emploi, après avoir récupéré les deux valises et le fourre-tout... Trois quarts d'heure plus tard, je composai le numéro, en tremblant un peu. Une phrase habile, soigneusement préparée à l'intention du secrétariat de Basile

Batrakani, devait me permettre, pensais-je, d'obtenir sans trop attendre un rendez-vous. A ma grande surprise, il répondit lui-même, chantant les mots et roulant les *r*, avec cet accent inimitable dont je m'étais séparé quelques heures plus tôt :

– Bonjour. Oui, c'est Basile Batrakani... Qui ? Un des fils de Viviane ?

Mon prénom ne lui disait rien mais, déjà, il me convoquait :

– Demain après-midi. Trois heures et demie. 53 *bis*, rue Raymond-Losserand, métro Pernety.

Les précisions suivaient en rafale, comme s'il était impatient de me voir :

– Escalier D, au fond de la cour. Oui, D, comme discophile ! Porte de gauche, au quatrième.

Je reposai le combiné, passablement troublé.

Basile n'avait pas de raison de se souvenir de moi, qui portais encore des culottes courtes à son départ d'Égypte. Ma famille maternelle était trop nombreuse pour lui permettre de repérer des enfants plus jeunes d'une demi-génération. Nous n'étions d'ailleurs que cousins issus de germains, son grand-père étant le frère du mien.

« Raymond Losserand » sonnait bien. Venant en Europe pour la première fois, ne connaissant rien de Paris, je m'attendais à trouver un quartier élégant, semblable au dix-septième arrondissement où, la veille, j'avais atterri dans un petit hôtel.

A la sortie du métro Pernety, la rue me frappa par son étroitesse et sa grisaille. Devant le 53 *bis*, je me demandai si je ne m'étais pas trompé d'adresse. Une cour sombre, aux murs délabrés, sur laquelle donnaient quatre portes : A, B, C... La quatrième avait perdu sa lettre. J'empruntai un escalier étroit, aux marches trop hautes, recouvertes d'un reste de tapis brun. Le premier étage empestait le ragoût. Plus haut, c'étaient les éclats d'une scène de ménage. Un chien aboyait avec obstination.

« Sonnez et entrez » était-il indiqué au quatrième étage, sur la porte de gauche. Je m'exécutai, après un instant d'hésitation. Un couloir sinistre conduisait à une pièce aux murs nus, garnie de chaises, où attendaient un vieux monsieur toussotant et une fausse blonde d'une quarantaine d'années. Je dis « Bonjour ». Ils me répondirent du bout des lèvres. Peu après, une porte s'ouvrit dans le couloir et j'entendis Basile prendre congé d'un inconnu. La dame se leva. Elle s'engouffra dans un bureau sans me laisser le temps d'apercevoir mon cousin. Le vieux monsieur crachotait dans son mouchoir.

Il devait être quatre heures quand je fus admis à mon tour. Le téléphone sonna aussitôt, empêchant Basile Batrakani de me donner l'accolade, comme il l'aurait peut-être fait. D'un geste, il m'invita à m'asseoir et saisit l'appareil. Je l'observai discrètement. Brun, les yeux clairs, de taille moyenne, il avait les traits plus épais que sur les photos d'Héliopolis. Rien d'un jeune premier. Rien de ces acteurs américains aux dents nacrées et aux mâchoires de cow-boys dont nous collectionnions, enfants, les petites effigies en couleur glissées dans des paquets de chewing-gum... Cet homme proche de la quarantaine, au col de chemise ouvert, ne correspondait vraiment pas à l'image que je m'en étais faite ! Il recula son fauteuil, étira les jambes et posa les pieds sur le bureau – un vulgaire bureau de sapin verni –, exposant sans complexe des mocassins un peu fatigués.

– Oui, je m'en suis occupé, lâcha-t-il à son interlocuteur. Appelez de ma part Joseph Borel au cabinet du ministre. Opéra 25. 25. Oui, Borel, avec un B comme bathyscaphe. Je lui en ai parlé, il va vous dépanner. Mais non, voyons, c'est un plaisir...

Baby Batrakani – était-ce bien lui ? – me déconcertait. Il lui manquait l'élégance héliopolitaine, qui aurait au moins tranché sur le décor. Son pantalon, au pli incertain, ne devait pas être du meilleur tissu. Peut-être aurais-je été plus sûr de son identité s'il avait porté au poignet l'une de ces gourmettes en argent dont nous raffolions à l'époque, avec les initiales BB. Mais il n'avait qu'une grosse montre, au cadran jauni, qui devait dater de Mathusalem.

Ayant raccroché, il resta dans cette position à demi allongée en souriant.

– Alors, tu viens faire des études à Paris ?

N'osant le tutoyer, j'expliquai en quelques phrases mon intention de m'inscrire en sciences économiques.

– En sciences économiques ! Pourquoi pas ? fit-il d'un air amusé.

Je lui dis que je cherchais une chambre, pas trop chère.

– Combien peux-tu mettre ?

– Je ne sais pas. Deux cents francs par mois, peut-être...

Il réfléchit quelques secondes, puis ouvrit un répertoire havane au cuir usé. Et, sans même me consulter, décrocha le combiné du téléphone pour composer lentement des numéros sur le cadran, à l'aide d'un crayon.

– Allô, monsieur Berdoux ? C'est Basile Batrakani. Oui, très bien, merci...

Il me regardait d'un œil malicieux. Il semblait jouer.

– Écoutez, j'ai ici un jeune homme – un petit cousin d'Égypte – qui cherche une chambre... Bon, bon, très bien, je vous l'envoie. Oui, c'est ça... Au revoir, cher ami.

Il écrivit un nom et un numéro sur un petit morceau de papier qu'il me tendit.

– Ce monsieur possède des chambres du côté de Montparnasse.

– J'irai dans n'importe quel quartier ! répondis-je.

Il me regardait, toujours souriant.

– Alors, tu es le fils de Viviane...

Je fis laborieusement quelques phrases. Il me laissa m'empêtrer, l'air absorbé, comme si des souvenirs défilaient dans sa tête. Puis il me posa deux ou trois questions, auxquelles je répondis tant bien que mal.

La sonnerie de la porte extérieure signala un nouveau visiteur.

– On m'attend, fit-il d'une voix désolée. Nous nous reverrons. N'hésite pas à m'appeler.

Il se leva. Et, une main sur mon épaule, me reconduisit vers la sortie.

Je redescendis, l'esprit embrumé. Le couple du troisième échangeait les mêmes invectives. L'odeur de ragoût ne s'était pas dissipée.

Quel métier Basile exerçait-il ? Aucune indication ne figurait sur sa porte, ni en bas sur sa boîte aux lettres. Les deux personnes croisées dans la salle d'attente m'avaient paru aussi louches l'une que l'autre. A cet instant me revint en mémoire la mauvaise réputation de son grand-père, Ferdinand Batrakani...

Le moustachu aux allures bourgeoises qui me loua, le soir même, une chambre de bonne près de Montparnasse, ne me demanda ni justificatif de ressources ni dépôt de garantie. A cent cinquante francs par mois, il ne me volait pas.

Peut-être aurais-je dû téléphoner sur-le-champ à mon cousin pour le remercier ou lui envoyer un petit mot. Je n'en fis rien. A dix-huit ans, on manque parfois de manières. Et sans doute n'avais-je aucune envie de reprendre contact avec lui.

Basile Batrakani m'avait terriblement déçu. Tout un rêve venait de se briser. Désormais, pour me faire une place au soleil, je ne voulais plus compter que sur moi-même.

# 2

Quelques semaines après mon arrivée à Paris, j'étais comme un poisson dans l'eau, emporté par le tourbillon de la vie étudiante. Les sciences économiques ne manquaient pas d'aspects rébarbatifs, mais l'étonnante liberté des Françaises de mon âge donnait aux théories d'Adam Smith et de Stuart Mill une délicieuse relativité.

Français, je ne l'étais en Égypte que par les livres. A défaut d'ancêtres gaulois, je pouvais me réclamer de Bécassine et de Jeanne d'Arc, des animaux de La Fontaine, du comte de Monte-Cristo... Je vivais dans ces grandes planches que l'on fixait en classe au tableau noir, pleines de trésors inconnus au pays des déserts et des terrasses : toits de tuile, cheminées, greniers, maisons alignées, forêts immenses, bottes de foin, vaches grasses, fermières avec leur pot au lait. Maintenant, je touchais enfin du doigt cette France si longtemps imaginée. Je découvrais ses bruits et ses odeurs. Loin de me décevoir, elle dépassait tous mes rêves.

C'est dans un petit restaurant des Halles que j'en tombai vraiment amoureux. Elle m'apparut comme un éblouissement sous les traits d'une jeune serveuse aux épaules nues et à l'air rieur, qui courait entre les tables, remettant à leur place les clients trop entreprenants :

– On regarde, on touche pas.

Tout l'esprit et toute la liberté du monde me paraissaient réunis dans cette vraie Marianne, au corsage humide de sueur.

Basile Batrakani, que j'avais presque oublié, refit irruption dans mon existence par deux lignes griffonnées dans une enveloppe :

*29 novembre 1963*

*J'espère que tout va bien pour toi à Paris. J'ai un petit service à te demander. Voudrais-tu me téléphoner ou passer demain après-midi (jeudi) rue Raymond-Losserand ? Merci.*

*Basile B.*

Cette quasi-convocation me mit mal à l'aise. Un service ? Quel service ? En quoi étais-je capable, moi, l'étranger à peine débarqué en France, de rendre un service à quiconque ? Et, d'abord, comment avait-il su mon adresse ? Sans doute par le logeur, ce moustachu au regard fuyant, à qui je postais régulièrement mon loyer mais ne voyais jamais.

La semaine précédente, près de l'Odéon, j'avais rencontré par hasard un ami de mon père, qui m'avait demandé si je me plaisais à Paris et si je ne m'y sentais pas trop seul. J'avais cité le nom de mon cousin. Ce monsieur s'était montré surpris, avant de murmurer :

– Basile Batrakani ? Ce n'est pas votre genre. J'espère qu'il ne cherchera pas à vous embarquer dans ses combines.

J'avais fait un sourire entendu pour cacher mon ignorance. Et nous en étions restés là.

Je dormis mal cette nuit-là, ressassant les images qui m'avaient tant heurté trois mois plus tôt. Dans un cauchemar, mon cousin se confondait avec un douanier égyptien armé d'un fouet, qui m'accusait d'avoir volé la lettre D de discophile.

A aucun prix, je ne voulais me laisser entraîner dans une activité illégale. Titulaire d'une carte de séjour provisoire, j'étais encore très marqué par le climat de crainte que faisait régner en Égypte la police de Nasser.

Je fus tenté de faire le mort. Après tout, cette enveloppe aurait pu être égarée par la Poste... Mais Basile ne tarderait sans doute pas à me relancer. N'avait-il pas « le bras long », comme on disait à son propos ? Autant y aller tout de suite. Je trouverais bien un prétexte pour refuser le service qu'il me demanderait.

Me méfiant du téléphone, je choisis de me rendre rue Raymond-Losserand le jeudi après-midi. J'attendis d'être seul pour pénétrer rapidement dans la cour et m'engouffrer dans la cage d'escalier. Un aboiement violent me surprit. La bête fut aussitôt rappelée par un juron, et une porte claqua au-dessus de moi.

« Sonnez et entrez. » Sur le palier du quatrième étage, je faillis rebrousser chemin. Mais la porte s'ouvrit et mon cousin apparut. J'eus un mouvement de recul.

– Ah, c'est toi ? dit-il avec un sourire. Entre.

La salle d'attente était vide. Il m'introduisit dans son bureau, m'invita à m'asseoir et me demanda comment se passait mon séjour à Paris. Je répondis que tout allait bien mais que j'étais très occupé.

– A propos, ajoutai-je, je vous remercie pour la chambre.

– C'était un plaisir, me dit-il.

Désirant garder mes distances, j'évitais de le tutoyer.

– Voudrais-tu me rendre service ? lança Basile. Voilà : c'est pour un ami qui doit s'absenter de Paris pendant deux semaines. Il possède des objets précieux et craint de laisser son appartement inoccupé. Accepterais-tu d'y habiter jusqu'à son retour ?

Pris de court, je cherchai aussitôt une parade :

– C'est que mes études m'interdisent de faire autre chose…

– Ce monsieur habite rue de Fleurus, à deux pas de Montparnasse. Tu n'auras même pas à changer de quartier.

Pour gagner du temps, je fis un sourire stupide qui dut passer pour une approbation.

– Merci, dit-il. Je savais que je pouvais compter sur toi.

L'ami de Basile Batrakani aurait pu porter un nom sicilien, une balafre, des lunettes noires… Mais il s'appelait prosaïquement Lesage – Pierre Lesage –, avait les cheveux taillés en brosse et un air d'ingénieur des Ponts et Chaussées, ce qui me le rendit encore plus suspect. Au milieu de la rue de Fleurus, déserte, il occupait un appartement bourgeois, sans luxe tapageur. Rien n'aurait permis de soupçonner son occupant de quoi que ce fût.

C'est lui-même qui m'ouvrit la porte. Il me fit entrer dans un salon sombre où trônait un vieux poste de radio. Pierre Lesage – mais s'appelait-il vraiment Lesage ? – m'invita à m'asseoir, puis m'exposa sa demande : je devais simplement habiter l'appartement pendant la nuit, maintenir une pièce éclairée en permanence et répondre au téléphone en fin de soirée. On risquait de m'appeler de New York pour laisser un message, dont je lui ferais part à son retour.

La chambre qui m'était allouée se trouvait au bout d'un long couloir circulaire, avec une salle de bains attenante. Toutes les pièces voisines étaient fermées. Lesage me conduisit ensuite à l'autre extrémité de l'appartement, dans la cuisine, pour m'indiquer le fonctionnement du gaz. Le réfrigérateur était plein de victuailles, je pouvais me servir. Il me remit un trousseau de clés et m'expliqua longuement la manière de verrouiller les différentes serrures de la porte d'entrée.

– De toute manière, dit-il, en cas de problème, vous pouvez joindre M. Batrakani. C'est votre cousin, n'est-ce pas ?

Le lendemain soir, à l'heure convenue, je me présentai à l'appartement. Deux valises étaient posées côte à côte dans l'entrée. Pierre Lesage m'attendait pour téléphoner à un taxi. Après une dernière recommandation sur le verrouillage de la porte, il empoigna ses bagages et s'engouffra dans l'ascenseur. Je me retrouvai seul, le ventre noué.

Où se trouvaient les précieux objets auxquels Basile avait fait allusion ? Sans doute derrière l'une de ces portes fermées à double tour.

Le poste de radio du salon ne fonctionnait pas.

Quant aux livres qui garnissaient la bibliothèque, c'étaient, pour la plupart, des ouvrages de sciences naturelles, des recueils de poèmes et quelques vieux numéros de *L'Illustration*. Des sujets à mille lieues de mes préoccupations du moment.

Je me couchai de bonne heure sans parvenir à trouver le sommeil. De vagues rumeurs concernant Basile Batrakani me revenaient à l'esprit. En Égypte, certains disaient qu'il avait dilapidé en un rien de temps la part de fortune qui lui revenait de son grand-père. D'autres soutenaient, au contraire, qu'il avait amassé pas mal d'argent dans un trafic mal défini...

Le téléphone sonna vers vingt-trois heures. Je courus jusqu'à l'entrée, que j'avais laissée éclairée. Une femme demandait « Yves ». Je répondis que c'était une erreur. Elle raccrocha sans même s'excuser. Cette voix éraillée de noceuse me poursuivit longtemps. Enfermé dans ma chambre, je décidai de ne me lever sous aucun prétexte. Cette détermination m'apaisa, et je finis par m'endormir.

Dans la journée, j'étais absent la plupart du temps. La vie universitaire me changeait les idées. Je regagnais la forteresse de M. Lesage après dîner, n'osant y inviter de camarade. Pas une seule fois je ne pénétrai dans la cuisine. Je me contentais d'utiliser la salle de bains avant de me barricader dans ma chambre.

La rue de Fleurus, imposante et sombre, devait être l'une des moins fréquentées de Paris. Dépourvu de concierge, l'immeuble était muni d'un interphone. A deux reprises, au cours des jours suivants, la sonnette du bas me fit sursauter. La première fois, vers dix heures du matin, alors que je partais plus tard que d'habitude : c'était le facteur. Je lui ouvris, et il monta. En me remettant un colis pour Pierre Lesage, j'eus l'impression qu'il me dévisageait étrangement. Avait-il été étonné, comme je l'étais, de la légèreté de cet objet ? Sur le bon de réception qu'il me tendit, je pris soin de ne pas apposer ma signature habituelle.

La seconde fois – il était huit heures du soir –, un interlocuteur bizarre, sans doute un démarcheur, parla trop fort dans l'interphone. Les grésillements de l'appareil rendaient ses propos inaudibles. Je raccrochai et ne répondis pas à son nouvel appel. Curieusement, M. Lesage avait omis de me parler de l'interphone. Mes craintes se focalisèrent sur cette sonnerie.

# 3

L'ami de mon père, que j'avais brièvement rencontré près de l'Odéon, était un Libanais, diplômé d'HEC. Réputé austère et intègre, Émile El Farès assurait la vice-présidence de la Conférence Saint-Vincent-de-Paul à Beyrouth. Sa maison d'import-export fournissait plusieurs pays du Proche-Orient en matériel hydraulique. Il venait souvent à Paris où il avait un bureau, rue de Rivoli.

Prenant prétexte d'une adresse à lui demander, j'allai frapper à sa porte. Grand, mince, le visage anguleux et très brun, les yeux cerclés de fines lunettes à monture métallique, M. El Farès avait une raideur de maître d'école. Son costume foncé à rayures le rendait encore plus sévère. Dès que je prononçai le nom de mon cousin, il s'exclama :

– Ah, celui-là !

Quatre ans plus tôt, lors de l'installation de son bureau parisien, Émile El Farès était à la recherche d'une autorisation administrative, difficile à obtenir pour des raisons complexes qu'il ne me détailla pas. Aucun de ses anciens condisciples d'HEC ne fut en mesure de le dépanner.

– Votre père, que j'avais rencontré au Caire lors d'un voyage, m'avait dit : « Pourquoi n'allez-vous pas voir Basile Batrakani ? C'est un cousin de ma femme. Il paraît qu'il a le bras long. » Je suis allé à l'adresse indiquée. Un véritable bouge, dans un quartier impossible. Ça ressemblait à une boutique d'usurier. Passons... J'expose mon problème à ce monsieur, lequel commence par m'interroger sur la légalité de ma demande. La légalité ! Comme si j'avais pu faire la bêtise de jouer avec la loi ! Il m'a tellement énervé avec ses questions que je lui ai montré du doigt ma rosette de la Légion d'honneur... Il a quand même longuement téléphoné à gauche et à droite pour s'assurer de je ne sais quoi. « C'est bon », m'a-t-il enfin lancé d'un air satisfait. Il a alors décroché son téléphone de nouveau et, là, en moins d'une minute – je ne mens pas –, il m'a arrangé un rendez-vous avec un haut fonctionnaire qui, la semaine suivante, me délivrait la fameuse autorisation !

– Je ne vois pas bien ce qu'il y a de mal...

– Attendez ! Je retourne chez ce Batrakani quelques jours plus tard, avec de l'argent liquide. Je déteste les pots-de-vin mais, là, je n'avais pas le choix. « J'aimerais savoir, lui ai-je dit, combien je dois à ce haut fonctionnaire chez qui vous m'avez envoyé. » Il m'a répondu avec un grand sourire : « Rien du tout. » J'ai tout de suite flairé la combine. Je ne suis pas un enfant, je fais des affaires depuis trente ans, et j'en ai vu de toutes les couleurs... « Bon, dites-moi alors combien je vous dois, à vous. » Il a hoché la tête : « Vous ne me devez rien. » J'étais abasourdi. « C'était un petit service, rien de plus. » J'ai insisté. En vain. Il ne voulait rien entendre. J'ai d'abord craint une affaire de chantage. Puis, j'ai eu un doute sur la validité de cette licence... Les mois ont passé. Ça va faire quatre ans maintenant, et tout roule normalement, grâce à Dieu !

Il toucha le bois de son bureau.

– Basile Batrakani ne vous a pas contacté par la suite ? demandai-je.

– Je n'ai plus jamais entendu parler de lui. Sinon de manière indirecte, par d'autres personnes qui ont eu affaire à ce dangereux personnage.

– Dangereux ?

– Mais oui, dangereux ! D'où tient-il sa puissance ? De quel mauvais coup ? On n'a jamais vu un homme sans fonction précise avoir de telles relations et ne rien demander. Mon jeune ami, vous apprendrez qu'on n'a jamais rien pour rien. La facture finit toujours par arriver. Je me méfie comme de la peste des paiements différés. Ça, ce sont les méthodes de la mafia.

Émile El Farès s'échauffait :

– Travaille-t-il pour son propre compte ou n'est-il que la petite main d'un pouvoir puissant ? De toute manière, il est hors la loi. Les gens honnêtes ont un bureau (il désigna de la main son mobilier d'acajou), une plaque vissée sur la porte (il fit le geste de visser), des employés, des revenus déclarés... Chez lui, pas même une carte de visite. Les transactions se font sans trace écrite et sans témoin.

La voix devenait plus grave :

– Ces dernières années, plusieurs personnes m'ont parlé des exploits de ce monsieur, qui décroche la lune par téléphone, on ne sait ni comment ni pourquoi. Les truands habituels, au moins, font connaître leurs exigences. Là, il y a quelque chose de beaucoup plus préoccupant... Mais pourquoi me parlez-vous de lui ? Vous devriez éviter cet individu. Je vais d'ailleurs mettre en garde votre père contre ses agissements.

J'ignorais, bien sûr, que Basile Batrakani avait eu affaire à la police quelques années avant mon arrivée en France. C'était à la suite d'une plainte pour vol, déposée par un autre locataire du 53 *bis*, rue Raymond-Losserand, à qui des bijoux venaient d'être dérobés en plein jour. Une lettre anonyme adressée au commissariat avait signalé des allées et venues suspectes au quatrième étage. Interrogé sur ses activités, BB avait répondu simplement :

– Je reçois des personnes, pour des affaires privées.

Le lendemain, deux inspecteurs en civil se présentaient pour une perquisition. Ils eurent vite fait de fouiller cet appartement aux trois quarts nu. Dans le bureau, ils ne trouvèrent que des répertoires remplis de noms et d'adresses, ainsi que des annuaires de téléphone dont le nombre et la variété les intrigua : il y avait là de quoi téléphoner dans toute la France et la moitié de l'Europe. Mais, jusqu'à preuve du contraire, la possession d'annuaires téléphoniques n'était pas un délit. Les deux hommes se retirèrent en grommelant.

Le locataire du deuxième étage, qui avait déposé plainte, revint quelques jours plus tard au commissariat, la mine déconfite : ses bijoux étaient retrouvés, ils lui avaient été « empruntés » par son propre fils, en raison d'un « malentendu ».

L'affaire fut classée mais, le mois suivant, le commissaire principal du quatorzième, qui avait commis la maladresse de s'en prendre à Basile Batrakani, était muté dans un autre arrondissement.

# 4

Un appel téléphonique survint le cinquième jour. J'allai décrocher le récepteur dans l'entrée. C'était New York. Un interlocuteur à l'accent espagnol annonçait un changement de date « pour le séminaire convenu ». Je pris note, faisant en sorte de parler le moins possible et de ne pas donner mon nom.

Le lendemain matin, vers huit heures, on sonna à la porte. Le voisin du dessous, en robe de chambre, venait de constater des taches suspectes sur le plafond de sa cuisine.

– Vous n'auriez pas laissé couler de l'eau ? me demanda-t-il d'une voix agressive.

Je lui assurai qu'aucun robinet n'avait été utilisé de ce côté-là de l'appartement depuis plusieurs jours, mais il voulut le vérifier lui-même. En traversant l'entrée et le couloir, je le vis lancer des regards furtifs. La cuisine était impeccable. Il insista néanmoins pour connaître les coordonnées de l'assurance de M. Lesage, et je promis de me renseigner.

Pour cela, à cinq ou six reprises dans la matinée, je tentai d'appeler Basile Batrakani. Le téléphone sonnait dans le vide. Je partis suivre mes cours à la fac. Le lendemain matin, je fis plusieurs autres tentatives, sans succès. Il n'y avait plus de Basile Batrakani !

Allais-je avertir la police ? Je me voyais déjà dans un panier à salade, en route vers la prison... Je décidai de ne pas bouger.

Pierre Lesage avait fixé son retour au vendredi après-midi. J'attendais cette échéance avec plus d'appréhension que d'impatience. J'étais convaincu maintenant que quelqu'un d'autre viendrait à sa place.

A vingt-trois heures, il n'avait toujours pas donné signe de vie. Je feuilletai une revue dans le salon, la tête en feu, attentif au moindre bruit. Pour la dixième fois, je me répétai ce que je lui dirais : l'appel de New York, le colis recommandé, la fausse fuite d'eau...

Autour de minuit, je décidai d'aller me coucher, tout en sachant que je ne trouverais pas le sommeil. A peine m'étais-je dirigé vers la salle de bains qu'un grand bruit de serrure se fit entendre. Mon cœur battit à tout rompre.

Poussant la porte du pied, une valise à chaque main, Lesage pénétra dans l'appartement, tout essoufflé.

– Trois heures d'attente à Istanbul sur la piste de l'aéroport, vous vous rendez compte ! Et, à Orly, les bagages qui n'arrivaient pas…

Ainsi donc, il était à Istanbul. A vrai dire, je m'en fichais complètement. Istanbul ou Mexico, quelle importance ? Je n'avais qu'un désir : lui remettre les clés et disparaître au plus vite.

– Tout va bien ? s'enquit-il.

Je lui fis part de l'appel de New York et de l'arrivée du colis. Ses yeux s'illuminèrent. Il se précipita vers la boîte qui était posée sur la commode de l'entrée et l'ouvrit avec un luxe de précautions, sans se soucier de ma présence. Un mystérieux objet s'y trouvait, protégé par plusieurs couches de papier de soie. M. Lesage poussa une exclamation :

– Regardez cette merveille ! N'est-ce pas prodigieux ?

Son visage était transformé : un visage d'amoureux. Plus rien ne semblait exister dans la pièce que cette sorte d'étoile de mer desséchée, aux reflets bleus, qu'il tenait du bout des doigts comme un prêtre effleurant l'hostie consacrée. Il reposa délicatement l'objet dans sa boîte.

– Venez voir, me dit-il, après avoir ouvert une porte du couloir fermée à double tour.

Un surprenant tableau m'attendait : cette vaste chambre était occupée par plusieurs tables vitrées. Des coquillages, des émaux, des minéraux de toutes sortes… M. Lesage alla chercher son nouveau trophée, souleva une vitre et le déposa entre deux autres étoiles de mer, à une place vide qui semblait l'attendre.

– N'est-ce pas prodigieux ? répéta-t-il. Je ne suis pas mécontent que le congrès de New York soit repoussé de quelques jours. Cela me permettra de tenir compte de cette pièce dans ma communication.

Je n'étais plus pressé de partir, mais il était déjà une heure du matin. Presque à contrecœur, je lui rendis les clés.

– Attendez, dit-il. J'ai quelque chose pour vous.

M. Lesage retira de sa sacoche un étui contenant un stylo de marque et un porte-mine assorti.

– Je sais, votre cousin ne m'approuverait pas. Vous le connaissez… Mais, enfin, rien ne m'interdit de vous faire un petit cadeau.

En le quittant quelques minutes plus tard, je ne m'interrogeais plus sur Pierre Lesage, professeur d'histoire naturelle à l'Institut d'océanographie de Paris et membre correspondant de plusieurs académies étrangères, mais sur Basile Batrakani, mon étrange cousin.

# 5

Comment l'approcher ? Il ne répondait plus au téléphone. Je n'avais aucune raison de me rendre chez lui, sauf à donner l'impression de quêter une récompense pour ma mince prestation chez M. Lesage. Restait la rencontre inopinée. Je décidai de me tenir à l'affût au pied de l'immeuble de la rue Raymond-Losserand, sans savoir s'il l'occupait encore.

Un lundi matin, je me rendis sur les lieux dès huit heures, pour être sûr de ne pas le manquer. J'avais repéré un café proche du 53 *bis*, duquel je pouvais discrètement contrôler l'entrée. Un manuel d'économie ouvert devant moi pour donner le change, je commandai un café, puis un deuxième... Vers dix heures, il fallut me rendre à l'évidence : Basile Batrakani avait dû arriver avant moi ou passer par un autre chemin. Je décidai de monter.

« Sonnez et entrez. » Mais la porte était close. Sur

le palier désert, des idées confuses m'assaillaient : des bouts de souvenirs, d'anciennes histoires...

Basile appartenait à la branche la moins reluisante de ma famille maternelle. Les origines de la fortune de son grand-père, Ferdinand Batrakani, dit Nando, n'étaient pas de celles dont on se vantait au Caire. Parti de rien, Nando avait commencé sa carrière d'homme d'affaires, au début du siècle, comme usurier dans les campagnes égyptiennes. Les petits cultivateurs, à l'époque, préféraient s'adresser à des gens de son espèce plutôt qu'aux banques, qui exigeaient des hypothèques. A la fin de sa vie, Ferdinand Batrakani, pachyderme de cent vingt kilos, était propriétaire de vastes domaines dans le Delta et de divers immeubles au Caire. Sans doute continuait-il à prêter de l'argent, de manière plus ou moins régulière. Il était devenu l'un des notables les plus en vue de la communauté grecque-catholique d'Égypte. Sa mort tragique, en 1935, dans la propriété où il habitait une partie de l'hiver, ne fut jamais élucidée. La manière sauvage dont il avait été égorgé puis éventré faisait penser à de vieux comptes non soldés. Ses onze enfants préférèrent tout vendre et se partager l'argent.

En redescendant, je croisai un voisin à la hauteur du troisième étage. Il me regarda de travers.

– Vous cherchez quelqu'un ?

– M. Batrakani.

– Il n'est jamais là le matin, il arrive à trois heures, grommela l'homme.

Derrière la porte, son chien se déchaînait.

Jamais là le matin... C'était toujours avant midi que j'avais tenté de lui téléphoner. Ce mystère-là, au moins, se dissipait.

Dès 14 h 45, j'étais posté au pied de l'immeuble. Basile apparut à l'angle de la rue une vingtaine de minutes plus tard, les mains dans les poches. Il s'arrêta devant un étal de fruits et légumes pour échanger quelques mots avec l'épicière, et de nouveau quelques mètres plus loin pour bavarder avec un passant. Je me dirigeai vers lui, faisant mine de regarder ailleurs.

– Tiens ! fit-il avec un sourire, sans manifester d'étonnement particulier. J'allais justement t'écrire pour te remercier. Que deviens-tu ?

Cette fois, j'avais préparé ma réponse :

– Beaucoup de choses... Des projets...

Il me regarda avec curiosité.

– Il faudrait que tu me racontes ça. On pourrait déjeuner ensemble. Mais je serai absent de Paris pendant deux semaines. Le 5 janvier, si tu veux. C'est un lundi.

Je lui donnai mon accord, tandis qu'une inquiétude inexplicable me saisissait : l'impression de me jeter dans la gueule du loup. Mais il était trop tard pour reculer.

# 6

Entre Noël et le Nouvel An, je fus gêné par des démangeaisons insistantes dans le dos. Le dermatologue que l'on m'avait recommandé étant en vacances, je trouvai dans l'annuaire les coordonnées d'un certain Claude Bauchand, installé non loin de la Sorbonne, dont la secrétaire put me proposer un rendez-vous pour le lendemain.

Je me présentai à l'heure dite.

– Le docteur n'en a pas pour longtemps, m'assura la jeune fille en blouse blanche assise derrière un comptoir.

Au bout de dix minutes, une porte s'ouvrit, et c'est une femme d'une quarantaine d'années qui me fit signe d'entrer. Je me rendis compte de ma méprise : Claude Bauchand appartenait à l'autre sexe, comme son prénom ne le précisait pas.

– Que vous arrive-t-il ? me demanda-t-elle en me déshabillant du regard.

J'expliquai mon petit problème, qui n'eut pas l'air de l'émouvoir.

– Vous allez me montrer ça. Pouvez-vous retirer votre veste et votre chemise ?

Je m'exécutai, un peu nerveusement.

– Voulez-vous vous asseoir sur ce siège ?

Elle se plaça derrière moi pour observer mon dos. La démangeaison se situait au-dessous de l'omoplate gauche.

– Là ?

– Un peu plus à droite.

Elle passa un doigt sur la partie sensible pendant quelques instants qui me parurent une éternité. Puis, sans mot dire, elle alla se laver les mains à l'autre bout de la pièce.

– Rien de bien méchant, vous n'en mourrez pas, dit-elle en se rasseyant à son bureau. Comment vous appelez-vous ?

Je dus épeler mon nom et, en réponse à une autre question, préciser que je venais d'Égypte. Un éclair traversa son regard.

– Vous ne connaîtriez pas par hasard un certain Basile Batrakani ?

L'étonnement dut se lire sur mon visage.

– C'est un cousin, répondis-je. Un lointain cousin... Je le connais à peine.

– Un curieux individu, marmonna-t-elle en rédigeant son ordonnance d'une écriture rapide. Vous allez appliquer cette pommade deux fois par jour, matin et soir.

Elle consulta un agenda.

– Revenez me voir vendredi... Ou plutôt samedi. Oui, samedi, à dix-neuf heures. Ça vous convient ?

En quittant le cabinet médical, je ne sentais déjà plus ma démangeaison. Mais trois mots me trottaient dans la tête : « un curieux individu ».

Cette fois, la lampe du comptoir était éteinte. La secrétaire avait dû partir. Claude Bauchand rangeait elle-même un dossier dans le hall d'entrée.

– Bonsoir. Passez par là, ce sera plus agréable à cette heure-ci, me lança-t-elle en désignant une porte ouverte.

Je la précédai dans un salon moderne, à l'éclairage indirect. L'incongruité de ce rendez-vous, un samedi à sept heures du soir, m'apparut brusquement.

– Comment vont ces démangeaisons ? demanda-t-elle d'un ton familier.

– J'ai mis la pommade. Je ne sens plus grand-chose, à vrai dire.

Un léger sourire traversa son visage. Claude Bauchand ne manquait pas d'attrait. Ses ongles pourpres tranchaient avec la sobriété de sa tenue.

– Montrez-moi ça.

Je me déshabillai avec encore plus de gêne que la

première fois. Peut-être parce que nous étions dans ce salon. Ou alors parce qu'elle me regardait déboutonner ma chemise...

Debout, le torse nu, je devinais cette femme derrière moi, toute proche. J'entendais son souffle, un peu rapide. Que faisions-nous ainsi, un samedi soir, à quelques mètres d'un cabinet médical éteint ? Un parfum capiteux m'enveloppait. Je fermai les yeux à demi, imaginant la suite. Ma gêne avait disparu. Je m'attendais à ce que sa main effleure mon épaule, puis glisse doucement sur ma poitrine. Elle devait être nue sous son chemisier. Je quitterais ma dermatologue au petit matin, avec des griffures dans le dos...

– Rhabillez-vous, dit-elle. Cette démangeaison est sans doute d'origine nerveuse. Ça passera tout seul.

Je retombai sur terre, tandis qu'elle allait répondre au téléphone à l'autre bout de la pièce.

Claude Bauchand refusa d'être payée pour cette deuxième consultation, qui n'avait duré, il est vrai, que quelques minutes. Je ne me résolus pas à la quitter sans lui poser la question qui me brûlait les lèvres :

– Vous m'avez dit l'autre jour que vous connaissiez Basile Batrakani.

Elle hésita un instant.

– Non, je ne le connais que par ouï-dire. Par une amie, surtout, qui a eu affaire à lui.

– Pourrais-je rencontrer cette personne ? demandai-je.

Elle parut embarrassée, s'en voulant peut-être des quelques mots qu'elle avait prononcés la fois précédente.

– J'ai vraiment besoin de savoir à quoi m'en tenir sur ce lointain cousin, insistai-je.

– Il vaut peut-être mieux en effet, fit-elle d'une voix songeuse.

Elle alla jusqu'au téléphone et composa un numéro.

– Allô, Geneviève ? Ici, Claude... Je suis avec un jeune patient, un Égyptien. C'est un lointain cousin de Basile Batrakani... Il aimerait te rencontrer. Oui... Non. A vrai dire, je n'en sais rien... Oui, bien sûr. Lundi ? A seize heures ?

Elle m'interrogea du regard. Je fis signe que oui.

Après avoir raccroché, elle inscrivit un nom et une adresse sur une petite fiche.

– Mon amie possède un salon de thé, à cette adresse, dans le dix-septième arrondissement. Elle vous y attendra donc lundi après-midi.

Je quittai la dermatologue à demi satisfait. Ma démangeaison avait repris.

# 7

Geneviève H. et Claude Bauchand semblaient être sorties d'un moule unique : même âge, même allure, même façon de s'habiller et de s'exprimer. Sans doute deux anciennes camarades de classe. Mais la propriétaire du salon de thé, fumant cigarette sur cigarette, se surveillait moins que la dermatologue. Pour me parler de manière aussi libre, elle avait certainement appelé son amie au cours du week-end, qui avait dû la rassurer sur mon ignorance.

– Vous êtes donc un cousin de Basile Batrakani ? fit-elle après m'avoir servi un thé de Ceylan (j'avais refusé le mille-feuille et l'éclair au chocolat).

Geneviève H. collectionnait des meubles anciens. Quelques années plus tôt, elle était à la recherche d'un guéridon Louis XV d'un type peu courant pour accompagner une commode du même style. Et elle en avait fait part à l'assistance, au cours d'un dîner. « Je pense pouvoir vous trouver ça », lui avait lancé l'un des convives.

– Un homme brun, qui se trouvait en face de moi. C'est vrai que vous lui ressemblez un peu. La bouche, peut-être ? Son propos avait tout l'air d'une vantardise. J'ai l'habitude de ce genre de dragueurs. Mais, en sortant de table, il m'a demandé où il pouvait me joindre. J'ai donné à contrecœur mon numéro de téléphone professionnel, en me trompant volontairement sur un chiffre. Trois semaines plus tard, Basile Batrakani a réussi quand même à me téléphoner, précisant qu'il avait trouvé le guéridon chez un antiquaire de Versailles. « Je l'ai là, sous les yeux. Où faut-il vous le livrer ? » J'ai cru à une plaisanterie, ou plutôt à une manière grossière d'obtenir mon adresse personnelle et de m'arracher un rendez-vous. Mais la description de l'objet m'a fait tourner la tête. Le soir même, le guéridon était dans mon salon. Le prix demandé par l'antiquaire – car votre cousin ne s'est pas montré – m'a paru très raisonnable. J'ai marchandé pour la forme, obtenant un léger rabais, mais j'aurais payé n'importe quoi pour obtenir ce meuble… Vous ne voulez vraiment pas un mille-feuille ?

Elle remplit ma tasse de thé.

– Six mois plus tard, Basile Batrakani m'a recommandé un jeune serveur. Ne pouvant l'embaucher moi-même, je lui ai trouvé une place chez mon frère, qui possède un grand restaurant près de la porte Maillot. L'année suivante, nouvel appel de votre cousin, mais pour me proposer cette fois une bergère

Louis XV, très originale, du même bois que le guéridon. J'ai téléphoné au marchand, un antiquaire d'Orléans, pour avoir des détails. Et je suis partie aussitôt en voiture pour l'acheter.

– Vous pensez que des commissions ont été prises au passage ? demandai-je.

– Qui vous parle de commissions ? C'est bien plus complexe que ça.

D'un geste, elle réclama de l'eau chaude pour la théière, avant de poursuivre :

– Par l'intermédiaire du serveur, Basile Batrakani a réussi à faire embaucher trois autres employés dans le restaurant de mon frère. Par la suite, je me suis moi-même adressée à lui pour obtenir rapidement un permis d'agrandir ce salon de thé. Et le permis m'a été délivré en un temps record.

– Je ne vois pas très bien ce qu'il y a de gênant dans cet échange de services, dis-je.

– Moi non plus, je ne voyais pas...

Elle continua d'une voix plus nerveuse :

– Que fait cet Égyptien chez les antiquaires alors qu'il ne connaît rien aux antiquités, ni même à l'Égypte ancienne ? Et pourquoi s'intéresse-t-il aux serveurs ? L'autre jour, il est allé déjeuner au restaurant de la porte Maillot. Il y a été accueilli par une véritable cour : ses protégés étaient aux petits soins pour lui. Mon frère avait l'impression de se trouver en présence du vrai patron de l'établissement.

Elle eut comme une hésitation. Allait-elle trop loin ? Après tout, Basile Batrakani était mon parent. Mais mon air inquiet devait la rassurer. Et peut-être voulait-elle me mettre en garde contre lui.

– Il me fait l'effet d'un marionnettiste. On dirait qu'il dirige des personnages, caché derrière un rideau. Peut-être suis-je moi-même une marionnette ? Finalement, s'il avait pris une commission pour le guéridon, nous n'en serions pas là.

Brusquement, Geneviève H. s'excusa de devoir mettre un terme à cet entretien : un fournisseur l'attendait.

# 8

Basile Batrakani devait avoir ses habitudes dans ce restaurant de Saint-Germain-des-Prés : dès que je prononçai son nom, le serveur m'indiqua une table en retrait, au fond de la salle.

– Il sera un peu en retard. Voulez-vous un apéritif ?

Dans cette pièce sombre, éclairée par de petites lampes, les clients chuchotaient.

Je relisais une troisième fois le menu pour me donner une contenance quand il apparut enfin, l'air nonchalant et reposé. Deux serveurs se précipitèrent à sa rencontre, et l'épouse du patron – une blonde platinée à la poitrine opulente – sortit du bar pour l'embrasser.

BB s'approcha d'une table, posa familièrement sa main sur l'épaule de l'un des convives et dit quelques mots qui déclenchèrent l'hilarité générale. Un grand chauve lui glissa ensuite une phrase à l'oreille. Il hocha la tête, puis se dirigea vers moi et, après m'avoir serré la main, s'assit devant le whisky-glaçons qui l'attendait.

– Désolé pour ce retard. J'avais une affaire à régler. Aimes-tu le poisson ? demanda-t-il sans transition. Parfait. Dans ce cas, nous allons laisser le patron préparer le menu.

L'arrivée de Basile Batrakani avait modifié l'ambiance du restaurant. Serveurs et clients paraissaient plus gais, plus à l'aise. Un souffle de vie traversait cet endroit compassé.

– Alors, les sciences-éco ? me demanda-t-il, à la manière d'une tape dans le dos.

Je parlai de mon intérêt pour la psychologie économique, élaborée par Gabriel Tarde, sans être sûr que ce nom lui dise quelque chose.

– Je connais des Tarde, murmura-t-il, comme si des visages surgissaient devant lui.

Je découvrirais par la suite qu'il connaissait aussi des Durkheim, des Sauvy, des Perroux, des Marx et même des Keynes et des Galbraith, sans avoir jamais ouvert un livre de sociologie ou d'économie.

On nous servit de grosses crevettes, et le patron nous fit goûter un pouilly-fuissé de sa cave personnelle, ce qui fit diversion. Enfin, je réussis à interroger BB sur le métier qu'il exerçait.

– Je travaille chez un notaire, répondit-il.

Il se moquait de moi !

– Mais alors, que faites-vous... que fais-tu rue Raymond-Losserand ?

– Ça, c'est autre chose. C'est pour moi. Que dis-tu de ces crevettes ? Fameuses, n'est-ce pas ?

Et il le confirma en levant le pouce en direction du patron, qui accourut.

– Je vous avais bien dit, monsieur Batrakani, qu'elles étaient exceptionnelles, mes gambas ! Pour la suite, je vous réserve une surprise... A propos, le petit jeune homme qui s'occupe du vin, oui, celui qui sert M. Leroux, là-bas. Je voulais vous en parler. Figurez-vous qu'il est convoqué pour le service militaire ! Une catastrophe. Pas pour le restaurant, je peux le remplacer, encore que... Mais pour sa femme, et les gosses. Oui, trois gosses déjà, vous vous rendez compte ! Cet imbécile n'est pas marié, il ne peut pas invoquer une charge de famille. L'armée ne voudra rien savoir. Peut-être pourriez-vous faire quelque chose ?

– Je ne sais pas, dit Basile. On verra.

Le turbot grillé que le patron nous avait fait préparer était remarquable. Peu après, l'aide-sommelier vint remplir nos verres, la main tremblante.

– Je préfère ce muscadet au pouilly de tout à l'heure, lui murmura BB sur le ton de la confidence. Mais ne le dites pas au patron. Il en ferait une maladie.

L'autre se dérida.

– A propos, le patron m'a dit un mot de votre service militaire. Il faudrait qu'on en parle, mais je ne vous promets rien. Pouvez-vous venir me voir demain après-midi à dix-sept heures ?

L'employé nota l'adresse et remercia mon cousin, avant de s'éloigner.

– M. Lesage m'a offert un stylo, lançai-je.

Basile fronça légèrement les sourcils.

– Quelle idée !

– Il voulait me remercier...

– Il lui suffisait de dire merci.

Désarçonné, je ne trouvai rien à répondre. Mais il avait fait un signe pour commander le dessert.

– Tu lis donc Gabriel Tarde. Pourquoi Tarde ?

Si certains s'écoutent parler, lui – comment dire ? – se donnait à entendre. Il se mettait tout entier dans ses paroles, sans élever la voix pour autant.

Son air nonchalant ne trompait pas longtemps. En réalité, Basile Batrakani était d'une extrême attention. A deux ou trois reprises, je l'entendis revenir sur l'un de mes propos, l'orientant de manière inattendue. Avais-je évoqué au passage la thèse de Gabriel Tarde sur l'imitation sociale ? Il me demanda si cet auteur s'était lui-même inspiré d'un modèle – ce que j'ignorais – et s'il avait fait preuve d'originalité dans sa vie quotidienne, question qui ne m'avait même pas effleuré.

Jusqu'à la fin du repas, il ne fut question que de moi, de mes études et de mes projets.

# 9

Des photos me revenaient en mémoire. Elles devaient dater du tout début des années 50. On y voyait un groupe de jeunes gens, toujours les mêmes, dans différents lieux : aux Pyramides, devant le cinéma Roxy ou sur une plage d'Alexandrie. Leurs visages souriants semblaient tous converger vers Basile Batrakani... Le personnage central des photos d'alors pouvait-il être un homme du « milieu » ?

– Cet individu finira mal, comme tous les gens de son espèce. Même ici-bas, il y a une justice ! m'avait dit Émile El Farès, l'ami de mon père, en me raccompagnant à l'ascenseur.

Encore sous le charme de la voix chaude et caressante de BB, j'étais tenté d'aller trouver le Libanais pour lui dire qu'il se trompait. Un tel homme ne pouvait être un malfaiteur. Mais il m'aurait ri au nez : « Ah bon, votre cousin travaille chez un notaire ? Il n'en a pas l'air, pourtant... Et vous avez pu élucider ses activités parallèles, la manière dont il facture ses services ? »

Émile El Farès semblait moins le prendre pour un escroc que pour un pervers. Je me souvenais parfaitement de ses propos :

– Basile Batrakani est grisé par sa puissance. Ah, ce sourire de satisfaction quand il a su que je pourrais obtenir l'autorisation demandée ! Comme s'il avait besoin de dévaloriser les autres, de les dominer. Il commence par désorienter ses obligés : ce bureau sordide, dont il suffit de pousser la porte... Mais le véritable trouble vient ensuite, quand on découvre que la prestation est gratuite. Prenez mon cas. On me rend un service délicat, sans accepter de paiement et sans explication. « Un petit service, rien de plus », me dit-il. Non seulement il m'écrase avec son « petit service », qui vaut très cher, mais il me laisse dans l'incertitude la plus complète. Quand faudra-t-il payer ? Sous quelle forme ? Je l'ignore. Rien ne dit qu'il n'utilisera pas cette autorisation administrative, obtenue par des voies parallèles, pour exercer plus tard des pressions sur moi. Pourrais-je alors lui refuser un service s'il me le demandait ? Allez savoir quel genre de service... On dirait que ce type prend plaisir à compromettre des gens honorables.

Je ne sais pourquoi les propos d'Émile El Farès me rappelaient Mazloum bey : un personnage odieux, dont les faits et gestes en Égypte occupaient les conversations des adultes et amusaient les enfants.

Il dirigeait l'embauche du personnel auxiliaire aux Tribunaux mixtes. Une fonction hautement stratégique, compte tenu du prestige de cette institution où étaient tranchés les conflits entre personnes ou sociétés de nationalité différente. Les bakchichs n'y avaient pas cours. Mazloum bey, qui jouissait d'une fortune personnelle, ne les recherchait d'ailleurs pas. Seul le pouvoir intéressait ce sexagénaire détesté, assailli de demandes pour des postes de secrétaires, d'huissiers ou de greffiers.

Après avoir séjourné une éternité dans la salle d'attente, le candidat était reçu entre deux portes.

– Que voulez-vous encore ? demandait d'une voix mauvaise le responsable de l'embauche, qui le voyait pour la première fois.

La requête était accueillie par un soupir excédé. Mazloum bey levait les yeux au ciel, s'étonnait qu'on puisse le déranger pour cela et déclarait que, de toute manière, les Tribunaux mixtes recrutaient très peu.

– Revenez me voir la semaine prochaine, disait-il au candidat, le laissant dans la plus grande incertitude.

Il le convoquait plusieurs fois, pour demander des renseignements supplémentaires sur ses études et ses connaissances linguistiques. On ne lui envoyait pourtant que d'excellents éléments, sortis du Lycée français ou des meilleurs collèges et pensionnats religieux du Caire et d'Alexandrie.

Mazloum bey prenait plaisir à donner une réponse négative après plusieurs séances de torture :

– Non, vraiment, vous n'auriez pas dû venir me solliciter. A quoi ça a servi ? Vous avez perdu votre temps. Qui sait si, dans l'intervalle, une autre situation ne vous a pas échappé, dans une banque ou une compagnie d'assurances ?

Dans le cas d'un avis favorable, l'incertitude était maintenue jusqu'au dernier moment. Avec colère et regret, le bonhomme annonçait enfin au candidat qu'il était admis à passer un test d'entrée. Il jetait cette bonne nouvelle comme un morceau de viande à un chien, avant de souligner en soupirant tout ce que cela lui avait coûté, de temps, d'efforts, de désagréments.

Sa perversité n'avait pas de limites. Il lui arrivait de remettre en question une décision positive, quelques jours plus tard, par une lettre mielleuse qui donnait envie de se jeter dans le Nil : « Vous correspondiez parfaitement au poste à pourvoir. Vous étiez sur le point de l'obtenir. J'avais même inscrit votre nom dans le registre. Mais une raison tout à fait secondaire... » Ou alors il faisait des mots de recommandation biaisés pour d'autres institutions, du genre :

« Je vous prie de prendre en considération la candidature de X dont la présentation est impeccable » ou de Y « qui n'a sans doute pas les qualifications nécessaires pour cette fonction mais me semble être en état de combler ses nombreux manques ».

Lorsque Basile Batrakani obtint sa licence en droit, en 1947 ou 1948, les Tribunaux mixtes étaient sur le point de disparaître. Mais Mazloum bey restait un homme très courtisé en raison de ses nombreuses relations. Il tenait la liste de tous ceux qui « lui devaient leur carrière », comme il disait, mais qui auraient préféré mourir cent fois plutôt que de ramper à nouveau devant lui.

Basile avait-il été en relations, d'une manière ou d'une autre, avec Mazloum bey ? J'étais tiraillé entre le désir de le savoir et la prudence qui m'incitait à m'éloigner de lui.

Mais il ne tarda pas à décider pour moi.

# 10

*2 mars 1964*

*Un petit service à te demander. Voudrais-tu me téléphoner ou passer rue Raymond-Losserand ? D'avance merci.*

*Basile B.*

Je ne comprenais plus rien. Pourquoi Émile El Farès, l'homme d'affaires libanais, qui était redevable à mon cousin d'un service très important, n'avait-il aucune nouvelle de lui depuis quatre ans, alors que j'étais sollicité pour la deuxième fois en quelques mois ?

L'après-midi même, je sonnai et entrai.

Dans la salle d'attente, une jeune femme d'une trentaine d'années, aux cheveux clairs, accoudée à la cheminée, une cigarette aux lèvres, me dit « Bonjour » d'une voix assurée, comme si elle m'accueillait chez elle.

– Vous êtes le cousin de Basile ?

– Euh… oui, répondis-je.

– Vous n'en êtes pas sûr, fit-elle avec malice.

Vexé, je lui lançai un regard noir. Mais elle me tendit la main.

– Laurence Mauberger.

Sur le coup, je n'aurais pas dit qu'elle était belle. Ce qui frappait d'emblée, c'était sa personnalité, sa présence, le parfum suave mêlé à l'odeur de tabac qui occupait la pièce.

Nous n'eûmes pas le temps d'en dire davantage. Basile, qui venait de raccompagner un visiteur, apparut dans l'encadrement de la porte.

– Ah ! dit-il. C'est gentil d'être venu. Vous vous êtes présentés ? Très bien. Entre. Laurence attendra un peu.

Il prit de mes nouvelles, s'enquit de mes études et voulut savoir si j'avais visité le Louvre et Versailles. Puis il ouvrit le tiroir de son bureau pour me remettre une vieille photo de Gabriel Tarde, en tenue de magistrat, qui devait dater des années 1890. Dieu sait où il l'avait dénichée. J'en fus touché.

Il passa ensuite à l'objet de sa demande :

– Le Rotary Club du Mans organise lundi prochain un déjeuner égyptien. Oui, égyptien. Ces messieurs donnent parfois dans l'exotisme… Le Mans n'est pas très loin de Paris. Aller-retour dans la journée.

– Je ne sais pas cuisiner, dis-je d'un ton ironique.

– Tu n'auras pas à faire la vaisselle non plus. Ils aimeraient que quelqu'un leur parle de l'Égypte de

Nasser... Non, non, rassure-toi, il ne s'agit pas de donner une conférence mais simplement de répondre à des questions sur la vie de tous les jours. Tu te débrouilleras très bien, j'en suis sûr. Et puis, le président du Rotary, que je connais – un type charmant –, s'est mis dans la tête de traduire le menu en hiéroglyphes et en arabe. Pour les hiéroglyphes, je lui ai trouvé un égyptologue. J'imagine que tu pourrais t'occuper de l'arabe ?

Je le regardai droit dans les yeux.

– A propos d'Égypte, Basile, avant d'oublier, je voulais te demander : as-tu connu personnellement Mazloum bey ?

L'étonnement se lut sur son visage. Puis il éclata de rire.

– Cette vieille fripouille ? Non seulement j'ai connu Mazloum bey, mais il me doit un grade de pacha ! Ce serait un peu long à raconter. Laurence attend. Une autre fois... Que dis-tu de mes rotariens du Mans ?

Je fis un sourire résigné.

– Merci, dit-il. Je savais que je pouvais compter sur toi.

Il me remit le menu à traduire et un billet aller-retour de première classe. Puis :

– Que fais-tu le dimanche de Pâques ? Rien de particulier ? Alors, tu déjeunes chez moi, pour un repas bien français cette fois. Rue Gay-Lussac. Note le numéro et le téléphone.

Il me conduisit jusqu'à la porte d'entrée, la main sur l'épaule. Avec lui, on était vraiment raccompagné.

Le soir même, je calligraphiai le menu du Rotary en arabe, m'aidant d'un dictionnaire bilingue pour quelques termes inhabituels, comme « rissoles de volaille » et « croquets aux amandes », dont je ne connaissais même pas la signification en français.

Je fus accueilli en gare du Mans par un sympathique barbu, fumeur de pipe, qui me fit monter dans sa DS pour me conduire à un restaurant du centre-ville. Je serrai des mains. Après un apéritif bruyant et enfumé, on me fit asseoir à la gauche du président. J'eus à peine le temps de répondre à trois ou quatre questions sur l'état des écoles ex-françaises du Caire. L'assemblée était surtout intéressée par l'égyptologue, à la droite du président, qui s'exprimait avec compétence et componction sur les monuments de Nubie, menacés par le haut-barrage d'Assouan. Puis, une discussion animée s'engagea au sujet d'une ambulance que le Rotary voulait offrir à l'hôpital local.

Au pousse-café, le président me remercia, avec une chaleur que je jugeai excessive, et me remit un stylo (encore !) dont je me promis de ne pas parler à mon cousin.

# 11

Il habitait au troisième étage d'un petit immeuble, non loin du jardin du Luxembourg. L'appartement était meublé simplement, sans tableaux ni bibelots. Une photo encadrée, prise dans les années 30, figurait en bonne place dans l'entrée. On y voyait un jeune couple souriant – sans doute ses parents – en hiver, sur fond de neige, dans quelque station de ski européenne.

Basile, dont le pull en V semblait avoir été tricoté à la main, m'interrogea sur ma prestation au Mans et me remercia de lui avoir rendu service.

– Ce n'est rien, dis-je poliment.

– Ce n'est jamais rien, répliqua-t-il, insistant sur « jamais ».

Tandis qu'il cherchait des verres à apéritif dans un vaisselier, je lui posai la question qui me tourmentait :

– Tu devais me parler de Mazloum bey…

Il se mit à rire.

– Mazloum bey ? Moi, je l'appelle Mazloum pacha.

Et il me raconta le tour qu'avec quelques amis il avait joué à l'ancien chef de bureau des Tribunaux mixtes pour lui faire payer toutes ses cruautés :

– Un matin de juin 1948, Mazloum reçoit une lettre officielle à en-tête du Palais : il est informé que le roi Farouk lui a accordé le grade de pacha pour ses nombreux mérites. Pacha ! Le bonhomme est aux anges, il ne se tient plus. Dans les heures qui suivent, il est appelé au téléphone par plusieurs prétendus fonctionnaires de la Cour, qu'il ne connaît pas et qui le félicitent chaudement pour sa promotion. Moi-même, je me fais passer pour un sous-directeur de la section européenne, en lui donnant du « pacha » gros comme le bras... Ce salopard baignait dans la félicité. Les malheureux huissiers du tribunal qui avaient le malheur de l'appeler encore *saat el bey* recevaient une volée d'injures. Le lendemain, dans les journaux, pas d'annonce évidemment. Mazloum, qui avait déjà averti toutes ses connaissances, s'en étonna. Entre-temps, la nouvelle de cette mystification s'était propagée au Caire par nos soins, provoquant l'hilarité générale. *Le Progrès égyptien* allait même en faire un écho... Quatre ans plus tard, les officiers prenaient le pouvoir et supprimaient les anciennes décorations. Mazloum, qui s'était cru pacha pendant vingt-quatre heures, n'avait même plus le titre de bey !

– Il est toujours vivant ?

– C'est un grand mot. Ce type-là a passé sa vie à empoisonner celle des autres. On me dit qu'il existe toujours, assis sur son héritage, refusant de donner la moindre piastre à ses neveux, qui mendient à sa porte… Mais tu dois avoir faim. Je vais aller voir si le canard est prêt.

Il revint, quelques instants plus tard, un plat fumant dans les mains, suivi de Laurence Mauberger, qui était en train d'ôter un tablier de cuisine. J'en fus désagréablement surpris, m'étant fait à l'idée d'un tête-à-tête avec lui.

Elle retira la cigarette qu'elle avait à la bouche et l'écrasa dans un cendrier. Avec ce pantalon et ce corsage échancré, je la trouvai plus troublante que la première fois. Je l'imaginais nue dans les bras de Basile. Sa peau laiteuse, l'arrondi de ses fesses, la fermeté de ses seins et ce parfum mêlé aux effluves de tabac blond… Que n'aurais-je donné pour être à la place de mon cousin !

On sentait qu'elle était très amoureuse de lui, buvant ses paroles et le mangeant du regard. Laurence se comportait en familière des lieux, mais je compris, à de petits détails, qu'elle n'habitait pas là. Cette grande bourgeoise détonnait d'ailleurs dans un appartement meublé à La Samaritaine. Je la félicitai pour le canard à l'orange.

– Basile transmettra les félicitations à son traiteur,

répliqua-t-elle. Mais je reconnais que, cette fois, j'ai su allumer le four.

Elle disait « cette fois » comme s'il y en avait eu beaucoup d'autres. J'apprendrais par la suite que sa liaison avec BB ne datait que de quelques semaines.

L'autre jour, un canard à l'orange a été servi à l'Élysée lors d'une soirée culturelle, nous fit savoir Basile.

Il raconta de manière très drôle comment le général de Gaulle avait accueilli les différents artistes. Visiblement, il tenait ces détails d'un témoin direct.

Je ne trouvai à BB aucun point commun avec les orateurs de notre enfance, dont chaque intervention se voulait sensationnelle et qui écrasaient l'assistance de leur voix tonitruante. Lui parlait doucement, sans avoir l'air d'y toucher et, pour se faire entendre, n'avait besoin ni d'effets de manche ni de « parole d'honneur ! ».

Une force se dégageait de cet homme. Son regard profond et vaguement amusé bousculait mes préjugés et mes rêves d'enfance. Comme il paraissait loin – et ridicule – le cousin roulant en Cadillac, entouré d'une armée de domestiques et habillé par le meilleur tailleur de Paris !

Au fromage, Laurence alluma une cigarette, puis lança entre deux volutes de fumée :

– A propos, Basile, la boulangère de Passy... Je m'en veux de te l'avoir envoyée en janvier. Il paraît qu'elle est venue te solliciter encore la semaine dernière. Pas gonflée, celle-là ! Pourquoi as-tu accepté ?

Il haussa les épaules.

– Elle avait besoin d'aide.

– Et toi, tu n'avais rien à lui demander ?

– Un jour, peut-être…

# 12

Basile Batrakani était entré dans ma vie, et je sentais confusément qu'il n'en sortirait plus. « Un curieux individu », avait dit la dermatologue. Pourquoi curieux ? *D'où par où ?* me demandais-je en sabir égyptien. Claude Brochand était sans doute une bonne spécialiste – mes démangeaisons avaient disparu, selon sa prévision –, mais ses analyses psychologiques restaient à vérifier. BB exigeait au moins un second avis. Elle ne le connaissait d'ailleurs pas personnellement. Depuis quand posait-on un diagnostic sans rencontrer le patient ?

J'étais plus troublé par les propos de Geneviève H., la propriétaire du salon de thé. Pourquoi se sentait-elle à la merci de mon cousin ? La perversité qu'elle semblait déceler chez lui n'était-elle pas plus redoutable que celle, grossière et risible, d'un Mazloum bey ? A mon tour, je me sentais lié à cet homme qu'elle avait qualifié de marionnettiste.

En juin, impatient de le revoir, je téléphonai à Basile. Il parut ravi de mon appel.

– Aimes-tu le tennis ? me demanda-t-il à brûle-pourpoint. J'ai des invitations pour la demi-finale messieurs demain après-midi à Roland-Garros.

Nous avions rendez-vous devant l'entrée principale. A mon arrivée, je le trouvai en grande conversation avec un gardien du parking. Celui-ci lui communiqua un chiffre – sans doute un numéro d'immatriculation – que BB nota sur le verso de son billet.

Des centaines de spectateurs avaient déjà pris place dans le Central. Nous avions des places de choix, à deux pas de la terre battue. Sous un soleil radieux, je goûtai pour la première fois aux charmes d'une grand-messe parisienne, brillante et décontractée.

Basile connaissait beaucoup de monde. Parmi les personnes qui lui serrèrent la main, je reconnus le patron d'un groupe industriel et un éditorialiste habitué des débats politiques à la télévision. Il embrassa deux actrices de cinéma, dont je pus effleurer la main.

Chacun gagna sa place pour entendre siffler les balles de Santana, opposé au Français Pierre Darmon. L'Espagnol, vainqueur à Roland-Garros trois ans plus tôt, jouait comme un dieu. Il emporta aisément la première manche, puis la deuxième, enflammant les tribunes.

Lors de la pause, un chanteur à la mode fit un salut à Basile et l'invita d'un geste à le rejoindre dans sa loge. J'étais épaté, stupéfait, profondément impressionné par les relations de mon cousin.

La partie reprit. Santana, qui semblait souffrir de la chaleur, manquait de réflexes. Darmon aligna six jeux d'affilée. BB s'éclipsa au milieu d'applaudissements nourris. Le cherchant des yeux, je le vis discuter avec un employé du bar.

Deux manches partout ! Le Français avait superbement égalisé. Basile regagna sa place un peu avant le set décisif, qui commença dans un silence religieux. L'Espagnol allait déchaîner l'enthousiasme du public en réussissant coup sur coup un ace, un passing shot et une amortie. Darmon perdit alors tous ses moyens et se fit voler la victoire après cent quarante minutes de jeu.

L'employé du bar rejoignit Basile au moment où les spectateurs commençaient à évacuer la tribune. Ils eurent un nouveau conciliabule qui dura près d'un quart d'heure.

– De quoi parliez-vous ? demandai-je à la sortie, incapable de retenir ma curiosité.

– Nous parlions de la pluie, me dit-il. Et aussi du beau temps.

Cela m'apprit à ne plus lui poser ce genre de questions.

Je le revis à plusieurs reprises au cours de cet été 1964. Laurence avait disparu. Basile sortait désormais avec une certaine Sabine, aussi brune que l'autre était blonde, et dont je tombai aussitôt amoureux.

Diplômée d'histoire naturelle, Sabine Livenstein travaillait au jardin des Plantes. C'était une fille à fleur de peau, qui rosissait à la moindre émotion. Elle avait une superbe crinière noire, souvent nouée en chignon, et des jambes à rendre jalouse Marlène Dietrich. Je l'associais, Dieu sait pourquoi, à l'hibiscus, au manguier et à la menthe sauvage.

Basile m'emmenait parfois dîner dans un bistrot de Montparnasse, où Sabine ne manquait pas de nous rejoindre. Elle arrivait en courant, le sac en bandoulière, les cheveux au vent.

– Contre qui cours-tu ? lui demandait-il, amusé.

Lui savait prendre son temps en toutes circonstances, sans donner l'impression de le perdre. A Paris, il déambulait comme un promeneur, s'arrêtant à la moindre occasion pour regarder une vitrine ou faire un brin de causette avec un inconnu. Dans ce bistrot, tandis que nous vidions nos assiettes, il savourait chaque bouchée et chaque gorgée. Il semblait avoir l'éternité devant lui.

# 13

BB m'intriguait de plus en plus. Dans un cahier à spirale, je notais ses propos, ses gestes et des bribes d'informations données par des personnes qui le connaissaient.

S'il travaillait tous les matins chez un notaire de la rive droite, il passait la plupart de ses après-midi rue Raymond-Losserand. Dans quel but exactement ?

– Ça, c'est autre chose. C'est pour moi, m'avait-il dit lors de notre premier déjeuner au restaurant.

Ce même jour, nous avions évoqué Pierre Lesage, dont je venais de garder l'appartement.

– C'est donc un savant ? avais-je demandé.

– Oui, un naturaliste très apprécié dans son domaine. Une sommité, d'après ce qu'on dit.

– Et c'est l'un de tes amis ?

– Non, pas vraiment. Il y a quelques années, il a eu la gentillesse de faire embaucher à l'Institut d'océanographie un laborantin que je recommandais. Nous sommes restés en relation. Un peu lunatique, Pierre Lesage. Un vrai savant. Chaque fois qu'il part en voyage, il me demande, au dernier moment, de lui trouver un gardien. Ça n'a pas été trop désagréable, j'espère ?

Un service, des services... Ainsi donc, Basile faisait appel à des personnes ayant une dette à son égard. N'étais-je pas entré moi-même, bien involontairement, dans ce système ? Il m'avait aidé à me loger, pour me solliciter ensuite. Sans aucune rétribution financière. Même le stylo offert par M. Lesage était une entorse au système, dont l'objectif m'échappait.

Une autre fois, peu de temps après la demi-finale de Roland-Garros, je lui demandai sans détours :

– Basile, comment fais-tu pour répondre à toutes les demandes qui te sont faites ?

Ma question sembla l'étonner.

– D'abord, je ne réponds pas à toutes les demandes. Il se trouve que je connais pas mal de gens, à qui il m'est arrivé de rendre service. Ces personnes se font souvent un plaisir de m'aider à leur tour quand je les sollicite.

– Donnant-donnant, en somme ?

– Quelle vilaine expression !

– Je voulais dire que c'est à charge de revanche...

– Voilà qu'il me parle de revanche, maintenant ! Revanche contre qui ? Contre quoi ? Fais attention à ton vocabulaire, monsieur l'Économiste. Les mots comptent plus que les chiffres.

Et, peu après :

– Pourquoi poses-tu tant de questions ? Ce n'est pas avec mes réponses que tu vas découvrir les lois du marché.

Je me fichais bien des lois du marché ! Sous l'influence de Gabriel Tarde, mes intérêts avaient doucement glissé vers la sociologie. Et, de toute manière, c'était le parcours de BB qui me fascinait.

– Il paraît que tu as fait la connaissance de Geneviève, me lança-t-il inopinément un soir, alors que je venais de le rejoindre dans une salle de cinéma.

– Geneviève ?

– La propriétaire du salon de thé.

Interloqué, j'étais comme un enfant pris en faute. Comment Basile savait-il que j'avais rencontré la collectionneuse de meubles anciens ?

Les lumières s'éteignaient, ce qui me dispensa de répondre sur-le-champ. Pendant les actualités, je ne cessai de m'interroger. Pouvait-il être au courant de ma visite chez Geneviève H. ? Il ne m'avait tout de même pas fait suivre ! Sauf à penser qu'il avait un informateur sur place – un serveur ? –, tout laissait croire que l'amie de la dermatologue l'en avait elle-même informé. Mais pourquoi ?

Je croyais me souvenir que Geneviève H., après avoir qualifié Basile de marionnettiste, avait murmuré :

– Il y a dans tout ça quelque chose d'étrange. Basile Batrakani fait partie de ces gens qui ne peuvent agir que dans l'ombre. On dirait que la lumière les effraie.

Ici, dans cette salle obscure, la remarque prenait une étrange résonance. D'autres propos me revenaient, défilaient, se mélangeaient. Le film n'était pas sur l'écran, mais dans ma tête.

Dès le début de l'entracte, je pris les devants :

– En effet, je suis allé dans ce salon de thé, dis-je à Basile, sans lui laisser le temps de me reposer la question.

– Tu lui as fait une bonne impression, me précisa-t-il, avant de héler la vendeuse de glaces qui arrivait à notre hauteur.

Nous en restâmes là. Lui vanille et moi chocolat.

# 14

Je n'ai jamais très bien su, en fin de compte, pourquoi BB avait quitté l'Égypte. Le savait-il lui-même exactement ? Difficile de faire la part entre ce qui le rebutait sur place et ce qui l'attirait de l'autre côté de la Méditerranée. Ce départ n'était peut-être pas définitif dans son esprit. Rien ne l'aurait empêché de revenir au Caire s'il ne s'était pas plu en France ou si la France n'avait pas voulu de lui.

Basile était parti au printemps 1952, à une époque où personne ne songeait encore à émigrer. Je savais, pour l'avoir souvent entendu à Héliopolis, que ce départ avait beaucoup surpris. Qu'allait donc chercher seul en Europe ce garçon de vingt-huit ans à qui tout souriait ? Il avait un nom, une petite portion de la fortune de son grand-père, Ferdinand Batrakani, une licence en droit et du charme à revendre. En somme, un beau parti. Plus d'une jeune fille languissait d'amour pour lui, à commencer par la sulfureuse

Zeina Daccache, dont chaque apparition en maillot de bain à la piscine du Sporting provoquait des incidents. Ne disait-on pas que, désespérant d'attirer son attention, elle avait avalé deux tubes de somnifère une veille de Noël ?

Avec des amis, il était allé lui rendre visite à l'hôpital, un bouquet de fleurs à la main. La légende voulait qu'elle ait perdu connaissance en le voyant.

Le départ de Basile avait rendu orphelins tout un groupe de jeunes gens d'Héliopolis, notre banlieue-jardin dans le désert du Caire. Ils parlaient de lui comme d'un astre évanoui, l'assimilant à une belle époque que j'étais trop jeune pour avoir connue.

A la fin des années 50, alors que la situation s'était beaucoup tendue en Égypte, BB faisait figure de précurseur, sinon de prophète. On l'enviait d'être parti si tôt, dans d'aussi bonnes conditions. Son audace et sa perspicacité attiraient toutes les louanges.

Il s'en était allé quelques semaines après le fameux incendie du Caire. Sans doute avait-il pris conscience, mieux que d'autres, de la fin d'un monde. Il m'en parla un soir d'une voix inhabituelle, empreinte de nostalgie :

– Le vent tournait et, avec lui, s'envolaient des trésors aussi précieux qu'indéfinissables : cette légèreté, cette insouciance, qui permettaient à des gens différents de vivre côte à côte. Oui, côte à côte, pas vraiment ensemble. De se fréquenter sans se confondre... Le Caire s'apercevait brutalement qu'il n'était pas un petit Paris, ou n'avait plus vocation à l'être. Au-delà des Européens, dont les biens avaient été mis à sac et incendiés au cours de ce sinistre samedi noir, n'étaient-ce pas des gens comme nous – des chrétiens minoritaires, à la fois égyptiannisés et occidentalisés – qui servaient de cibles ?

Mais, chez Basile, le désir de partir était antérieur à ces événements. J'étais tenté de croire que l'empreinte Batrakani lui collait à la peau et que l'ombre de son grand-père lui pesait. Ne voulait-il pas voler de ses propres ailes, dans un ciel plus neutre et plus dégagé ? S'installer seul à Paris, sans y être connu de quiconque, lui permettait de construire du neuf. Il n'aurait plus besoin de se soucier du regard des autres.

Paris, disait-il, l'avait conquis dès le premier jour. Il sillonnait la ville dans tous les sens, ne se lassant pas d'en explorer les entrailles.

– Le métro m'a toujours transporté, lançait-il en jouant sur les mots.

Je le comprenais tout à fait. Ces rames surgissant du noir avec une stupéfiante régularité incarnaient à mes yeux tout ce qui manquait à l'Orient. Au bout du quai, le poinçonneur, assis sur un tapis de perles, trouait inlassablement ses tickets, le regard ailleurs. Les wagons de cette époque, pleins de bois et de bruit, exhalaient une odeur âcre, indéfinissable. C'était l'odeur de Paris.

Encore fallait-il se couler dans le moule de cette ville si peu indulgente pour les étrangers. En écoutant les récits de BB, je me rendais compte qu'il avait vécu à peu près les mêmes expériences que moi, même si à une décennie de distance la France avait un peu changé. L'Égyptien qui demandait « un chalumeau », au lieu d'une paille, à la terrasse d'un café ou « un pâté » à la boulangerie risquait fort de s'attirer des regards étonnés et un infini mépris.

– Moi, j'étais allé demander du papier hygiénique dans une pharmacie, me raconta Basile. « Nous ne faisons pas cet article », m'avait lancé la pharmacienne, les narines pincées.

Avec le recul, il en riait, connaissant désormais tous les codes, même les plus secrets, de sa terre d'adoption.

L'effervescence de Paris l'enivrait. Il avait le sentiment d'être au centre du monde. Physiquement, il aurait situé ce point hypothétique en Méditerranée, quelque part entre les îles grecques et Alexandrie, là où la douceur de l'air atteignait un point de perfection. Mais, intellectuellement, sentimentalement, le carrefour du monde se trouvait ici, entre quartier Latin et Tuileries.

Étonné que Sabine qualifie cette ville d'anonyme, il lui avait répondu :

– A Paris, on est toujours entouré, on ne se sent jamais seul.

Il se réveillait de bon matin, le cœur en joie, avide de connaissances et de rencontres. Chaque jour était une existence entière. Il se laissait emporter par les bruits, les parfums et les ardeurs de Paris.

# 15

Comment un immigré, débarqué seul en France, sans appuis, avait-il pu atteindre une telle position en une dizaine d'années ?

– J'ai eu de la chance, répondait-il.

L'explication était un peu courte, malgré une part de vérité.

Un matin d'avril 1952, moins de deux semaines après son arrivée à Paris, Basile flânait sous les arcades de la rue de Rivoli lorsque son pied buta sur une pochette de cuir noir contenant des documents. Une carte de visite collée sur le revers indiquait le nom du propriétaire et son adresse : Edmond Dormigneux, 11, place Vendôme. BB hésita un instant. Plutôt que de porter l'objet au commissariat, il jugea plus simple de gagner l'immeuble qui se trouvait à deux cents mètres de là.

Un homme en nage, au bord de la crise de nerfs, lui ouvrit. Voyant le maroquin, il prit mon cousin dans ses bras en s'écriant :

– Vous me sauvez la vie ! Vous me sauvez la vie !

Et il se précipita dans une pièce voisine, dont il revint quelques instants plus tard avec une dizaine de billets à la main.

– Tenez, dit-il. C'est pour vous.

Basile refusa poliment. Le sexagénaire insistait avec force :

– Vous n'imaginez pas ce que représentent ces papiers ! Sans eux, je perdais une fortune !

Mais Basile était décidé à ne rien accepter.

– Jurez-moi alors, dit l'autre, de faire appel à moi si, un jour, je peux vous aider !

BB promit de s'en souvenir et prit congé de M. Dormigneux.

Trois mois plus tard, il n'avait toujours pas trouvé de travail. Les portes se fermaient l'une après l'autre devant lui. Sa nationalité égyptienne le pénalisait fortement. Dans les cabinets d'avocat, des messieurs hautains lui expliquaient sèchement qu'on n'avait pas besoin de ses lumières.

Se souvenant alors de la proposition de M. Dormigneux, Basile se présenta place Vendôme un lundi matin. Le sexagénaire ne le reconnut pas immédiatement. Mais, au bout de quelques secondes, il lui serra les mains avec chaleur et cria à son épouse :

– Venez voir, Hélène ! Le jeune homme qui nous a sauvé la mise !

Ravi de pouvoir lui rendre service, Edmond Dormigneux passa une partie de son après-midi à téléphoner à des relations d'affaires. Le lendemain, Basile était embauché chez un notaire de la rue Vivienne.

En un sens, il tombait bien : maître Plessis-Pontel se passionnait pour l'Égypte, où il n'irait jamais, car il craignait l'avion et ne supportait pas le bateau. Pendant des semaines, BB fut bombardé de questions sur les pharaons et les Ptolémées. Cette Égypte-là, jusqu'alors, lui avait totalement échappé. Sans doute fallait-il être européen pour s'intéresser aux vases canopes, à l'écriture démotique, à Osiris et Imhotep... A défaut d'égyptologie, Basile parlait avec bonheur de ce qu'il connaissait : le petit vent sec et chaud qui balayait le désert de Guiza, les plages d'Alexandrie, les cinémas-jardins d'Héliopolis, les promenades en felouque au clair de lune... Le notaire voyageait dans de nouveaux rêves, sans changer de destination.

Depuis son embauche, Basile avait le sentiment de prendre Paris à bras-le-corps. Il n'était plus ce passant au regard de touriste, se laissant avaler par des rues sans fin. Monté à bord, il éprouvait une griserie de navigateur.

Si l'activité notariale l'intéressait modérément, c'est avec une véritable gourmandise qu'il entrait en contact avec les clients de l'étude. En chacun d'eux, il décelait le côté le plus original, le plus mystérieux ou le plus drôle. Rares étaient ceux qui ne présentaient aucune particularité. Il n'y avait, au fond, que des gens intéressants.

La facilité avec laquelle il entrait en relation lui valait des connaissances de plus en plus nombreuses en dehors de l'étude. Totalement disponible, il était toujours prêt à voir un film, boire un café, monter prendre un dernier verre... Un tonus peu commun lui permettait d'aller danser à deux heures du matin, avant une soupe à l'oignon aux Halles, où il amuserait toute la tablée avec ses histoires.

Dans les soirées parisiennes, on appréciait ses anecdotes d'Égypte, on était charmé par son accent, on s'étonnait de son parfait maniement de la langue française. Il repartait avec une ou deux autres invitations et une demi-douzaine de nouveaux numéros de téléphone.

Curieux de tout, n'oubliant rien, Basile retenait les noms, les visages et les situations professionnelles ou familiales. C'était un radar, toujours en éveil, captant paroles, pensées et sentiments. Un instinctif, aux improvisations fulgurantes.

Au cours de l'été 1953, un neveu de M. Dormigneux, neurologue débutant, cherchait désespérément un local professionnel près du parc Monceau. Tous les appartements qu'on lui proposait dans ce quartier huppé étaient hors de prix. Basile, dont les oreilles traînaient partout, lui dégota la perle rare : un quatre-pièces, boulevard Malesherbes. Son propriétaire, un ambassadeur à la retraite, voulait s'en débarrasser d'urgence pour aller rejoindre à Rio une actrice brésilienne qui lui avait tourné les sangs. L'affaire fut conclue en deux heures.

Le neurologue ne demandait qu'à rendre service à BB. Celui-ci le sollicita quelques mois plus tard pour faire admettre à l'hôpital Sainte-Anne un Lillois atteint de délires hallucinatoires. L'année suivante, par l'intermédiaire de Basile, la famille du malade, propriétaire d'une usine de cosmétiques, engageait comme agent à Rio l'ancien ambassadeur, plaqué par sa Brésilienne...

Le système BB était né.

On lui téléphonait de plus en plus souvent à l'étude pour des raisons qui n'avaient rien à voir avec le notariat. Entre deux actes, il devait régler discrètement certaines affaires. Maître Plessis-Pontel risquait de très mal le prendre, même s'il avait lui-même fait appel à ce précieux collaborateur pour trouver un domestique, puis un billard anglais d'occasion.

A la fin de 1955, Basile demanda à n'être plus employé qu'à mi-temps. Le reste de son héritage lui avait permis d'acheter l'appartement de la rue Gay-Lussac, et il pouvait compléter son salaire par les revenus de quelques titres bancaires.

Restait à trouver un lieu pour rencontrer les personnes qui le sollicitaient, car il ne voulait pas les recevoir chez lui et ne supportait plus de passer deux ou trois heures par jour dans des cafés enfumés. Il décida de louer un modeste local, pas trop loin de son domicile. C'est ainsi qu'à partir de janvier 1956 il s'installa rue Raymond-Losserand. Ce n'était pas un bureau, avec des horaires d'ouverture : il n'y recevait que sur rendez-vous, l'après-midi, sans s'interdire de s'absenter une semaine ou deux, et parfois plus longtemps.

Autour de lui, des chaînes de services se créaient et s'entrecroisaient, sans dessein avoué. C'est ce que j'appelais, faute de mieux, le système BB.

# 16

Basile n'avait pas tardé à découvrir que Paris était traversé de mille réseaux, plus ou moins occultes, qui offraient à leurs membres postes et avantages. Telle union d'anciens combattants faisait la pluie et le beau temps au ministère de la Justice, mais mieux valait être franc-maçon devant les tribunaux de commerce... Les chapelles communiquaient entre elles par le biais de personnages clés aux appartenances multiples. Ce Paris souterrain ressemblait au métro, avec ses stations, ses connexions et ses correspondances. Devenu un topographe hors pair, BB n'en finissait pas d'explorer un monde tentaculaire, en mutation perpétuelle, qui lui réservait chaque jour de nouvelles surprises.

La présence massive des Auvergnats à la tête des restaurants, cafés et bars-tabacs de la capitale crevait les yeux. Mais savait-on que les commissionnaires de l'Hôtel Drouot étaient majoritairement des

Savoyards ? Que tel ministre et tel chanteur se retrouvaient à Arcadie, un réseau semi-clandestin d'homosexuels ? Que telle banque protestante soutenait discrètement les militantes féministes de « La maternité heureuse », le futur Planning familial ?

N'appartenant à aucune région, aucune amicale, aucune société secrète, Basile était tenté de s'introduire partout. Cela se faisait le plus naturellement du monde : il rendait service à quelqu'un, qui le mettait ensuite en relation avec d'autres membres de son réseau. Mon cousin fréquentait volontiers des gens qui ne comptaient guère, avaient du temps et ne le prenaient pas de haut : responsables en disgrâce, députés battus aux élections, assistants, adjoints, secrétaires, seconds couteaux en tous genres... Peu importait leur rang : ils étaient des passerelles. Et si l'un d'eux accédait un jour aux commandes, il savait se souvenir des bons moments passés avec BB, de l'attention que celui-ci lui avait portée et des services rendus.

L'amicale des anciens élèves de l'École polytechnique en était un bon exemple. Les hasards des soirées parisiennes avaient mis Basile en contact avec un ingénieur civil qui, sans faire partie du bureau, collaborait à la revue de l'association, *La Jaune et la Rouge*. A ce Breton, il avait fait connaître la meilleure paella de Paris, puis un restaurant russe niché à Montmartre. La troisième fois, l'ingénieur lui proposa de déjeuner à la Maison des polytechniciens, dans le septième arrondissement. Basile y découvrit avec amusement des salons lambrissés et une vaisselle décorée d'uniformes de diverses époques. Au café, il fut présenté à quelques personnes, parmi lesquelles un responsable de Renault, passionné d'horloges anciennes.

– Sans doute fréquentez-vous ce magasin de Genève, lança BB, en citant un établissement peu connu du quartier de la gare, véritable caverne d'Ali Baba.

Le polytechnicien tombait des nues.

– A Genève ? Et dire que j'y étais le mois dernier. Quel dommage !

– Le propriétaire passe de temps en temps à Paris, précisa Basile. C'est un homme un peu original mais délicieux. Je peux l'appeler si vous voulez.

Quelques semaines plus tard, il était invité à dîner dans un appartement de Saint-Cloud, tapissé d'horloges. L'une d'elles, datant du Premier Empire, venait d'être livrée par l'antiquaire de Genève.

L'ingénieur dirigeait un atelier de mécanique à Billancourt. C'est grâce à lui que BB allait faire embaucher, dans les années suivantes, plusieurs dizaines d'ouvriers.

Devenu un convive régulier de la Maison des polytechniciens, il y connaissait de plus en plus de monde et semblait appartenir à l'amicale. On lui demandait régulièrement à quelle promotion il appartenait.

– Promotion Pièces rapportées, répondait-il avec un clin d'œil.

Les choses ne se passaient pas partout aussi aisément. Si Basile avait, dès le milieu des années 50, ses entrées à l'UNEF, à l'Action catholique et dans certaines amicales juives, il ne parvenait à nouer de vrais contacts ni au Parti communiste ni dans les cercles poujadistes : cet homme du centre butait sur les extrêmes.

Imperméable aux idéologies et peu porté à l'abstraction, il n'était pas très à l'aise non plus dans les milieux intellectuels. Les grands centres de pouvoir – université, maisons d'édition et journaux – lui auraient été fermés s'il n'y avait pénétré par des entrées de service : c'est en fournissant un gardien à Pierre Lesage ou une automobile d'occasion à un professeur de la Sorbonne qu'il avait mis le pied dans ces citadelles.

Bien plus accessibles étaient les Galeries Lafayette, où des juifs expulsés d'Égypte après la crise de Suez, en 1956, étaient entrés en force. Grâce à d'anciennes connaissances, Basile avait pris une part active à la constitution de ce réseau d'embauche. Il était l'un des seuls clients du magasin à embrasser les vendeuses – de jolies brunes à l'accent chantant qui se racontaient leurs derniers étés à Alexandrie avec des rires sonores mêlés de quelques larmes. Plus d'une fois, je l'avoue, j'ai moi-même traîné dans certains rayons des Galeries pour le seul plaisir de regarder et d'entendre ces anciennes baigneuses aux lèvres Rouge Baiser.

# 17

– Allô, ici Basile Batrakani.

Le Libanais tombait des nues.

– Vous vous souvenez peut-être de moi, monsieur El Farès… Vous m'aviez dit que vous étiez vice-président de la Conférence Saint-Vincent-de-Paul au Liban. Je ne me trompe pas ?

– Non, vous ne vous trompez pas, répondit l'ami de mon père d'une voix méfiante, presque hostile.

– Voici ce qui m'amène : une dame d'un certain âge, habitant Toulouse, souhaite léguer une somme importante à une association catholique qui exercerait ses activités à l'étranger. J'ai pensé à vous.

Ce n'était ni le ton d'un truand ni celui d'un plaisantin. Émile El Farès s'éclaircit la voix et changea de registre :

– Une somme importante, dites-vous ?

– Oui, mais on pourrait se voir, si vous voulez.

Le lendemain, l'homme d'affaires libanais repartait

bouleversé de la rue Raymond-Losserand, après une heure et demie d'entretien avec BB. Une audience privée chez le pape ne lui aurait pas procuré autant d'émotion. Mon cousin l'avait mis tout de suite à l'aise en lui exposant, en termes simples et clairs, l'offre de la Toulousaine. Puis il l'avait charmé avec une histoire désopilante, à propos d'une autre bienfaitrice, genevoise celle-là, qui, deux ans plus tôt, avait voulu financer la création d'un séminaire aux îles Galapagos.

– Aux Galapagos ! s'était exclamé Basile. Mais, madame, il ne doit pas y avoir de catholiques là-bas.

– Justement, avait-elle répondu, ça les fera venir.

Avant d'accepter l'offre qui lui était faite, Émile El Farès se renseigna en détail sur les activités de son interlocuteur. Il ne parvenait pas à croire que Basile Batrakani agissait gratuitement. Ce bénévolat sans publicité lui paraissait magnifique, inouï. Il revit BB, le questionna encore pendant une heure, puis repartit les larmes aux yeux, se déclarant prêt à lui rendre service à tout moment, à Beyrouth, à Paris ou ailleurs.

– Je m'étais complètement trompé sur votre cousin, me dit-il le mois suivant, en me remettant un petit colis de la part de ma famille. Savez-vous que Basile Batrakani consacre la moitié de son temps au service des autres, sans la moindre rémunération ? Non seulement il fait le bien, mais il pousse d'autres à le faire. Cet homme-là est un saint.

Après l'avoir traité d'escroc ou de pervers, voilà qu'il le gratifiait d'une auréole!

– Croyez-moi, ajouta-t-il d'un air compétent, on a béatifié pour moins que ça.

Et il se lança dans une savante explication :

– Cet homme agit dans l'ombre. Forcément : un saint a besoin de silence, de discrétion, d'effacement. Si la sainteté est héroïque, elle ne s'exprime pas dans des actions extraordinaires, mais dans les circonstances les plus humbles de la vie quotidienne. Sans tapage, voyez-vous.

Basile Batrakani désorientait ses interlocuteurs, comme saint François, comme saint Bernard, comme sainte Thérèse d'Avila...

– Les saints ne cherchent pas à convaincre. Ils agissent et donnent l'exemple. Leur compassion est contagieuse. Mais ils empruntent des chemins différents de ceux du commun des mortels. Ils échappent aux normes. Ils sont hors la loi en quelque sorte. C'est pourquoi, voyez-vous, ils sont incompris de leur époque. Eux-mêmes ignorent leur sainteté, qui ne sera reconnue que plus tard.

Saint Basile ? Cela ne collait pas avec l'image que je me faisais de mon cousin. Elle s'opposait même totalement à ce que je connaissais de lui.

Un saint, à mes yeux, vivait dans une sorte d'extase

permanente, et peut-être douloureuse. Il portait le monde sur ses épaules. Chacun de ses dons était une privation. Se dépouillant de tout, il offrait sa chemise aux plus pauvres. Ses actions ne lui procuraient aucune gloire et avaient pour seul but de plaire à Dieu. Un saint donnait sans compter, mais ne recevait rien en retour. Il n'avait d'ailleurs aucun besoin. C'était un être inaccessible, qui ne se situait pas au même niveau que ses contemporains.

Basile me paraissait à mille lieues de cette fresque céleste.

# 18

– Apporte-moi ce document, je vais voir ce que je peux faire, m'avait-il dit à propos de la mésaventure survenue à un camarade de fac lors d'une altercation avec des policiers.

Il m'avait donné rendez-vous dans un café, non loin de chez lui. A ma grande surprise, je l'y trouvai attablé avec Laurence Mauberger.

Un fume-cigarette à la bouche, elle était resplendissante. Son parfum, son élégance et son air provocant me mirent de nouveau en émoi. Elle me demanda d'une voix distraite ce que je devenais. Visiblement, cette interrogation ne l'avait pas empêchée de dormir jusque-là...

En quelques phrases, je compris que Laurence n'avait pas renoué avec Basile. Elle vivait avec un certain Jean-Bertrand, qui exerçait la profession d'avocat-conseil.

– Il faudrait absolument que tu fasses sa connaissance, dit-elle à BB. Je vais organiser un dîner.

De nous trois, j'étais le moins à l'aise.

D'autres occasions me seraient données de rencontrer des « ex » de Basile, avec lesquelles il gardait généralement d'excellentes relations, leur rendant des services ou n'hésitant pas à les solliciter. Parfois, dans la conversation, il évoquait avec beaucoup de naturel l'une ou l'autre :

– En 1959, j'avais une amie qui...

Non, il n'était pas l'homme d'un amour unique. D'ailleurs, qui l'aurait imaginé en ménage, avec une épouse et des enfants ? Tandis que les prêtres se rendaient libres par le célibat, lui semblait assurer sa liberté par une multitude de liens. Fidèle, mais pas exclusif.

Si Émile El Farès avait pris la peine de se pencher sur les amours de mon cousin, il aurait sans doute révisé ses propos sur la sainteté. BB faisait ce qui lui plaisait. Je l'ai vu plus d'une fois se mettre en quatre pour venir en aide à une jolie femme et, au contraire, envoyer balader un quémandeur dont la tête ne lui revenait pas. Il n'était pas en prières dans la fosse aux lions, il ne baisait pas les plaies des lépreux. Ni martyr, ni mystique, ni frère mendiant : le sacrifice lui était aussi étranger que la flagellation.

J'allais maintenant trois ou quatre fois par mois rue Raymond-Losserand, en début de soirée. Si Basile était occupé avec un visiteur, je patientais dans la salle d'attente. Sinon, il m'accueillait dans son bureau et j'assistais à certains de ses entretiens téléphoniques.

Il était déjà en pleine conversation, un soir, quand je le rejoignis. Ce n'était pas le Basile habituel : assis très droit, sourcils froncés, il avait éloigné le récepteur de son oreille pour ne pas être assourdi par des éclats de voix.

– Mais non, Geneviève, vous vous trompez ! lança-t-il à deux reprises.

Et, peu après :

– Je vous assure que vous faites erreur. L'antiquaire de la rue de Seine n'a jamais vendu ce trépied.

Je pris brusquement conscience que Geneviève H., la propriétaire du salon de thé, vociférait au bout du fil. Gêné, je fis un petit signe à BB, indiquant que je descendais acheter un journal, et sortis de la pièce.

A mon retour, un quart d'heure plus tard, enfoncé dans son fauteuil, les pieds sur la table, il conversait calmement avec un autre interlocuteur. Je ne l'interrogeai pas sur la scène précédente, et il ne m'en parla pas.

# 19

L'une des grandes réussites de BB était Autres Terres, une société florissante dont j'apprendrais plus tard qu'il ne possédait pas la moindre action. Lancée en 1958 avec des bouts de ficelle, elle s'était hissée peu à peu au premier rang des organisateurs français de voyages. La profession lui reconnaissait un savoir-faire inégalé pour certaines destinations lointaines, comme l'Inde ou Bali, et ses deux cogérants, Jean-Michel Le Boullec et Roger Marinelli, avaient même eu droit à la couverture d'un magazine américain.

Ni hôtels, ni bungalows : on logeait chez l'habitant, assez loin des zones touristiques, avec cependant des activités communes, animées par de bons connaisseurs du pays. Mieux qu'une formule de vacances, Autres Terres avait inventé une autre manière de voyager.

Basile me présenta à Marinelli et Le Boullec lors

d'un cocktail campagnard dans les locaux de l'agence, qui fêtait son dix-millième client. La salle était décorée de photos géantes représentant des Européens en short, coiffés de grands chapeaux de paille, faisant cuire eux-mêmes des moutons à la broche ou chargeant des outres d'eau sur des ânes. Le fameux slogan de la compagnie (« Il y a un autre monde ») était partout présent.

Colosse barbu, arborant une chemise à fleurs, Roger Marinelli occupait une place folle, avec son grand corps, ses gestes désordonnés et ses rires homériques. Il n'avait que trente-huit ans, mais sa corpulence lui en donnait dix de plus. Avant de monter à Paris, ce Méridional, qui rêvait d'espaces lointains depuis l'enfance, avait fait les marchés à Nice et à Toulon.

Jean-Michel Le Boullec était un enfant de Neuilly. Passionné par le monde hindou, il avait la voix grêle et des allures de brahmane. Jusqu'en 1958, il passait des journées entières à la bibliothèque de l'École des langues orientales, plongé dans des travaux érudits.

C'est Basile qui les avait présentés l'un à l'autre, pressentant qu'ils étaient faits pour s'entendre, alors que nul n'aurait parié un franc sur cet étrange attelage. En la circonstance, il avait été un catalyseur, provoquant une réaction chimique inattendue.

Dès l'été suivant, Marinelli et Le Boullec partaient ensemble pour un voyage de plusieurs semaines au

Cachemire. A leur retour, ils créaient Autres Cieux, qui allait bientôt devenir Autres Terres. BB leur dénicha un local bon marché dans le onzième arrondissement, puis un prêt bancaire très avantageux. Il les mit aussi en contact avec un troisième homme, Jo Viala, un ancien de l'agence Havas, qui était au chômage. Sans ce personnage essentiel, devenu la cheville ouvrière de l'entreprise, Autres Terres n'aurait probablement été qu'un rêve sans lendemain.

La compagnie s'adressait à des affamés de voyages aux ressources limitées, que des conditions de vie spartiates n'effrayaient pas. Un week-end de préparation les réunissait quelques semaines avant le départ dans une auberge de jeunesse près de Fontainebleau. C'est là qu'ils faisaient la connaissance des animateurs et s'informaient en détail sur les mœurs du pays choisi.

Un premier charter en Indonésie, au cours de l'été 1959, faillit tourner à la catastrophe : le Super-Constellation affrété par Autres Terres tomba en panne à Singapour, où il fut immobilisé quarante-huit heures. Mais Roger Marinelli, qui était du voyage, réussit à transformer ce contretemps en joyeuse escale. L'on vit bientôt les salles de l'aéroport se couvrir de sacs de couchage, tandis que vingt guitares, deux douzaines de flûtes et autant d'harmonicas se mettaient à l'unisson. A cette soirée mémorable devait répondre, deux semaines plus tard, un feu de camp jusqu'au lever du soleil sur la plage de Kuta, à Bali.

*France-Soir* publia une photo en première page, avec un titre-choc (« Camping sauvage à Singapour »), qui fit une publicité inespérée à Autres Terres. La société y trouva un nouveau slogan : « L'art de s'adapter à l'imprévu. » Avec elle, non seulement on voyageait différemment, mais on s'exposait à des surprises.

Dès l'année suivante, Autres Terres enregistrait des bénéfices. Elle doubla alors ses effectifs et emménagea boulevard du Montparnasse, dans ce qui allait devenir un lieu mythique pour toute une génération de touristes, baptisés « extraterrestres ». Pour l'embauche, elle savait à qui s'adresser : Basile Batrakani avait toujours sous la main l'employé, le comptable ou l'animateur un peu casse-cou que l'on cherchait. En 1964, un bon tiers du personnel de la société – qui atteignait deux cent cinquante personnes – venait de la rue Raymond-Losserand.

BB ne voulait ni d'un siège au conseil d'administration ni d'une participation aux bénéfices.

– Laisse-nous au moins te donner un bureau plus convenable et une secrétaire ! le supplièrent Marinelli et Le Boullec.

– Je n'ai pas besoin de bureau. Ici, ce n'est qu'une station-service, répondit-il avec un clin d'œil.

Ils décidèrent alors de prendre en charge le loyer, le

téléphone et les frais de ménage de la rue Raymond-Losserand. Cette fois, il les laissa faire. Ses services seraient désormais étrangers à toute préoccupation financière.

# 20

Je ne suis allé qu'une seule fois à l'étude où travaillait Basile, pour lui porter un pli urgent qu'il attendait. C'était un matin d'hiver, balayé par une petite pluie fine. La rue Vivienne me parut bien cossue : d'une richesse notariale...

J'y fus accueilli par une secrétaire au ton cérémonieux, emprisonnée dans un tailleur gris et haut perchée sur des talons aiguilles. Elle me fit traverser un salon d'attente, puis un grand bureau, où travaillaient en silence quatre employés.

Une porte s'ouvrit, et Basile apparut, en bras de chemise, souriant, égal à lui-même.

– Merci, ma chérie ! fit-il en lui soufflant un baiser sur le bout des doigts.

Elle perdit aussitôt son air de statue. Un peu d'oxygène traversait l'étude de maître Plessis-Pontel qui, lui-même, devait être absent ou enfermé dans un autre bureau.

Si BB jouissait d'un statut particulier dans ce sépulcre, ce n'est pas seulement parce qu'il y travaillait à mi-temps. Jamais le notaire ne se serait séparé d'un collaborateur possédant un tel carnet d'adresses. Qui plus est, Basile remplissait au sein de l'étude une fonction indispensable : il se faisait régulièrement l'avocat de tel ou tel de ses collègues, trop timide pour affronter le patron, dont les colères froides étaient redoutables.

– Maître, je voulais vous parler de Blanchot.

– Qu'est-ce qu'il a encore abîmé, Blanchot ? marmonnait Plessis-Pontel.

– Il doit s'absenter en fin de semaine pour le mariage d'une belle-sœur.

– Une belle-sœur ! Et puis quoi encore ?

– Une belle-sœur, maître, vaut bien une belle-mère. Je crois que c'est un proverbe de l'Égypte ancienne.

Le notaire soupirait à défaut de sourire, et Blanchot prenait son samedi.

Pour sa part, le patron s'adressait à Basile pour régler des questions qui le mettaient hors de lui :

– C'est inouï, cette étude qui ferme comme un bureau de poste ! lui dit-il un jour. Il y a des urgences. Dimanche après-midi, je n'ai pas réussi à trouver le dossier de la Prévoyance.

BB suggéra alors à ses collègues d'organiser une permanence dominicale, en échange d'une prime. La proposition fut acceptée après de longues discussions, mais Plessis-Pontel refusa net :

– Je ne paierai jamais d'heures supplémentaires.

– Il n'est pas question d'heures supplémentaires, dit Basile, mais d'une prime, qui vous coûtera d'ailleurs un peu plus cher.

– Quoi ? Encore plus cher ! Mais vous êtes fou.

BB expliqua longuement l'ingénieux système qu'il avait imaginé. Dès le mois suivant, l'organisation du travail était bouleversée. Avec des horaires plus souples, la maison Plessis-Pontel devenait la première étude parisienne à fonctionner sept jours par semaine.

Chaque matin, mon cousin traversait la Seine pour se rendre rue Vivienne. Il tenait à ce travail qui, pour lui, était autant un garde-fou qu'un gagne-pain. Sans ces contraintes matinales, n'aurait-il pas été tenté de professionnaliser son activité de l'après-midi et de se bureaucratiser ?

Le notariat lui rappelant à tout moment la rigidité et l'absurdité de certaines règles. Il n'avait jamais pu se faire au vocabulaire juridique, qui le consternait ou l'amusait. Un « don manuel » signifiait-il que d'autres dons pouvaient être mécaniques ou spirituels ? Une « donation entre vifs » supposait-elle que les morts aussi pouvaient se faire des cadeaux ?

– Le Code civil est désespérant, remarquait-il.

Aucune place au sentiment. Aucun mot sur les services, mais des kilomètres d'articles sur les servitudes.

Ses collègues avaient vite compris que Basile n'était pas un concurrent.

– Je suis premier clerc à mi-temps. Que demander de plus ? commentait-il avec quelque dérision devant des amis. C'est mon bâton de maréchal.

Et encore :

– Rive droite, je travaille. Rive gauche, je me fais plaisir.

Travail d'abord, plaisir ensuite. Il n'aurait pas supporté l'inverse, gardant pour la bonne bouche ses activités personnelles. De deux heures de l'après-midi à deux heures du matin, il vivait à son propre rythme, libre comme l'air.

Ses deux activités semblaient être aux antipodes l'une de l'autre. A l'étude, tout était calculé, répertorié, classé. On nageait précautionneusement dans un univers de garanties hypothécaires, de soultes et de quotités. Rue Raymond-Losserand (escalier D comme discobole, dame-jeanne ou décalcomanie...), c'était le royaume de l'incertitude et de l'imprévu. Ni code, ni contrat. Pas une facture, jamais une signature ou une trace écrite de quoi que ce soit. Entre Basile a.m. et Basile p.m., la Seine paraissait plus vaste qu'un océan.

L'étude de maître Plessis-Pontel était une école de précision. Tout acte notarié y donnait lieu à des vérifications innombrables. Basile l'Oriental, élevé dans les jardins de l'à-peu-près, avait appris une science exacte.

Alors que le notaire et ses collaborateurs étaient tenus par le secret professionnel, aucune règle de ce genre ne s'imposait rue Raymond-Losserand. Pourtant, Basile n'aimait guère s'étendre sur la manière dont il avait pu fournir une aide :

– Un service, c'est comme un cadeau. On ne laisse pas le prix dessus.

# 21

Je découvris incidemment que BB offrait depuis des années un logement provisoire à des immigrants fraîchement débarqués à Paris ou à des provinciaux sans moyens. Ayant appris que son dentiste possédait deux appartements inoccupés dans le dix-neuvième arrondissement, il lui en avait demandé un, à brûle-pourpoint, au moment de régler sa consultation.

– Mais je n'ai pas l'intention de le louer, fit le médecin.

– Ce n'est pas pour louer, précisa Basile. Je sollicite une mise à disposition gratuite, pour quelque temps, au profit de personnes qui traversent un moment difficile.

– Pour combien de temps ? demanda le dentiste, pris au dépourvu.

– Le temps que vous voudrez.

Huit ans plus tard, l'appartement était toujours à la disposition de mon cousin, à qui le dentiste devait de nombreux clients. Entre-temps, il s'était fait prêter aussi une maisonnette désaffectée dans la région de Chantilly, remplissant le même office. Des centaines de personnes lui vouaient une immense reconnaissance. L'un des « anciens » de Chantilly, Serge Galliero, rapatrié d'Algérie, devait faire fortune en inventant un mini-aspirateur pour appareils de précision. Lors de mon arrivée en France, en 1963, il était l'un des piliers du réseau de BB.

Un détail me frappait : au téléphone, mon cousin s'adressait à tous ses interlocuteurs sur le même ton. Un haut fonctionnaire ou un diplomate n'était pas mieux traité que le pauvre diable accroché à un téléphone à pièces devant les toilettes d'un café. BB disait « Bonjour, monsieur l'ambassadeur » comme il aurait dit bonjour à la concierge ou au plombier. Un ton courtois, toujours chaleureux, sans politesse excessive.

Basile n'avait qu'un seul téléphone noir à cadran. Avec lui, la communication n'était jamais interrompue. Son expérience lui permettait de décrypter un appel dès les premières secondes. Il avait constaté par exemple que l'on parlait plus fort quand on appelait de loin. Instinctivement, il analysait le débit, le rythme et la tonalité de la voix. Un simple « allô » lui permettait de deviner l'état d'esprit de son interlocuteur, sinon l'objet du coup de téléphone. Puis, il entrevoyait en un éclair une connexion possible, une solution, comme s'il avait en mémoire l'ensemble de ses relations.

– Je vais voir ce que je peux faire, disait-il.

Mais, déjà, il avait vu et savait si son intervention serait aisée ou non. Une chose était de trouver un logement à un locataire solvable, une autre de permettre à une gaulliste inconnue, habitant au fond du Quercy, d'être reçue à l'Élysée pour serrer la main de son idole.

Au téléphone, quand il disait « Je vous écoute », ce n'était pas une formule de politesse. Tout ouïe, il était à l'autre bout du fil, à la place du correspondant, dans sa peau. Les expressions de son visage s'en ressentaient. Chaque vibration de la ligne le faisait sourire ou froncer les sourcils.

– Ici, Basile Batrakani. Je vous écoute...

C'était du même ordre que « Sonnez et entrez ». BB savait que les premiers instants d'une communication étaient essentiels : un solliciteur intimidé pouvait raccrocher. Il encourageait l'inconnu à s'exprimer. Par moments, sa voix devenait plus basse, plus tendre : c'était sa manière de sourire au téléphone.

Basile avait appris à reconnaître les appels de détresse, qui survenaient souvent pendant la période des fêtes, en fin de semaine ou en début de soirée. Sans être dupe, il fixait un rendez-vous.

Ce champion de la polyvalence s'improvisait alors assistant social ou psychothérapeute. Pour mettre à l'aise le visiteur assis sur le rebord de sa chaise, les doigts noués, il racontait une histoire qui lui était arrivée – une histoire drôle, rarement à son avantage. Il réussissait à arracher un sourire à son interlocuteur, puis quelques mots. Et le flot suivait.

Basile résumait ainsi les premiers secours :

– Les blessés de la route, il faut leur parler. Les blessés de la vie, il faut les laisser parler.

Prenant son temps, il était là, tout entier, rassemblé, en écoute, sans chercher le blanc ou la faille qui lui aurait permis d'intervenir. Il « donnait » réellement la parole. Et quand il parlait enfin, ce n'était plus tout à fait lui qui parlait : il adoptait d'instinct le rythme et le ton de la voix du visiteur, et même certains de ses gestes. Ce mimétisme était assez impressionnant. Au bout de deux heures de conversation avec un Marseillais, il pouvait, sans s'en rendre compte, prononcer certains mots avec l'accent du Midi... Un véritable caméléon.

Une blessure secrète lui permettait-elle de mieux comprendre ces personnes fragiles ? Les raccompagnant parfois jusqu'au pied de l'immeuble, ou même à la station de métro, il les quittait presque à regret, avec douceur et précaution.

# 22

Sabine s'indigna :

– Comment peux-tu qualifier ton cousin d'intermédiaire ! Ce mot est horrible : il fait penser à entremetteur.

Nous parcourions côte à côte les allées du jardin des Plantes, qu'elle m'avait invité à visiter. C'était notre première rencontre sans Basile et, naturellement, nous parlions de lui.

– Tu préfères le qualifier de dépanneur ? demandai-je.

– Pourquoi pas garagiste tant qu'à faire !

Elle observa le silence quelques instants, puis s'arrêta net devant l'entrée d'une grande serre.

– Tu devrais dire plutôt donateur ou bienfaiteur.

– Il n'aimerait pas ces mots pompeux, répliquai-je. Et puis, ce sont des mots à sens unique : Basile fait toujours le lien entre deux personnes. C'est un relieur, un connecteur.

– Bravo pour la poésie ! Je préfère encore intermédiaire.

Sabine m'était interdite. Je regardais à la dérobée cette belle plante brune, que le printemps avait à moitié dénudée. Une jupe courte et des sandales à fines lanières mettaient ses jambes en valeur. Si elle n'avait pas été l'amie de mon cousin, j'aurais fait n'importe quoi pour la séduire. Dans des rêves éveillés, j'échafaudais toutes sortes de scénarios improbables et stupides : aimant rendre service, BB partageait son bien, ou alors il s'effaçait pour me laisser le champ libre...

J'éprouvais le besoin de définir l'activité de Basile. Il m'apparaissait comme une passerelle entre les gens. Un passeur ? C'était un peu abstrait. Il fallait insister sur les échanges. Échangiste était ambigu. Échangeur faisait penser à chemin de fer. Autant dire aiguilleur... Pourquoi pas agent d'échanges ? Mais il aurait fallu épeler en permanence pour ne pas le confondre avec un cambiste jonglant avec les monnaies.

Dans les parterres à la française, Sabine me présenta en détail le carré des rosiers, aux quatre cent quarante variétés. Puis elle m'entraîna vers le labyrinthe pour me montrer un cèdre du Liban datant du dix-huitième siècle. C'est au moment d'arriver devant le petit pavillon de bronze que je lançai abruptement :

– Basile est un téléphoniste.

Elle me regarda d'un air narquois.

– C'est vrai, il téléphone beaucoup.

– Mais non, ce n'est pas ce que je voulais dire ! Il me fait penser aux demoiselles du téléphone de mon enfance...

Au Sporting Club d'Héliopolis, la salle du téléphone n'était pas loin de la piscine. Assises devant un tableau électrique, des écouteurs aux oreilles, les employées ne cessaient d'introduire des fiches dans des prises pour relier deux interlocuteurs. Je passais de longs moments à les regarder faire.

– Comment était ce Club d'Héliopolis ? demanda Sabine, qui voulait m'entendre parler de Basile.

J'évoquais le groupe de vingt ou trente jeunes gens insouciants, dont il était le point de référence. Pour me rendre intéressant, je racontais même la tentative de suicide de la belle Zeina Daccache.

– Du cinéma ! s'exclama-t-elle. C'est une spécialité féminine, ces tentatives de suicide qui échouent. Quand on veut vraiment se tuer, on ne se rate pas.

Je tentai de clore cet épisode imprudemment introduit, mais elle insistait :

– Et tu dis qu'elle s'est évanouie ensuite à l'hôpital, quand il est venu lui apporter des fleurs ? Mais c'est absurde ! Tu as déjà vu quelqu'un qui s'évanouit d'émotion ? On tremble, on pleure... On ne s'évanouit pas. C'était certainement une poseuse.

– Sans doute, dis-je.

– Et qu'est-elle devenue, la rescapée ?

– Elle s'est mariée à un bijoutier du Caire. Un beau mariage...

– Tu vois !

Je ne voyais que les beaux yeux de Sabine, qui brillaient pour un autre.

# 23

L'image de la téléphoniste me poursuivait. J'avais constaté que lorsque BB était sollicité comme conciliateur, il se retirait sur la pointe des pieds, avant la fin de la négociation, laissant les adversaires conclure seuls. A la manière des téléphonistes qui disaient « C'est à vous, vous pouvez parler », puis laissaient les deux interlocuteurs en tête à tête.

Basile l'intermédiaire était amené en effet, le plus naturellement du monde, à servir d'arbitre dans des conflits. Il y excellait, réussissant à dénouer la tension par quelques phrases empreintes d'humour. Un peu d'huile orientale pour apaiser de redoutables machines à raisonner...

Arbitre n'est pas le mot qui convient. BB était plutôt un créateur dont l'ingéniosité faisait merveille. Au lieu de couper la poire en deux, ce magicien savait sortir deux poires de sa manche.

Mettre fin à un conflit lui procurait autant de plaisir

que présenter deux personnes l'une à l'autre. Il aimait réparer des liens comme en tisser de nouveaux. Un tisserand... L'image aurait-elle déplu à Sabine ?

Quelques jours plus tard, j'évoquai devant mon cousin les téléphonistes du Sporting Club. Il eut un éclair de joie.

– Mais oui, je me souviens de ces demoiselles ! De mon temps, il y avait une Copte superbe, qui nous tournait la tête... Elles étaient très sérieuses, concentrées sur leur travail. J'imagine qu'elles devaient se tromper parfois de fiches. Comme moi.

Je l'interrogeai du regard.

– Eh oui, ces erreurs-là provoquent des grésillements, des malentendus, parfois même des drames.

Il me raconta comment, trois ans plus tôt, une banale transaction avait failli tourner au crime de sang. Un hasard extraordinaire l'avait conduit à mettre en relation un député breton, à la recherche d'un pied-à-terre parisien, avec un agent immobilier qui n'était autre que l'amant de son épouse. Étant allé visiter l'appartement en question, l'élu était tombé nez à nez avec celle qu'il croyait être en train de rempoter sagement des géraniums dans leur maison de Lannion.

– J'avais pris soin de choisir un agent immobilier de la même couleur politique que le député : un homme aux idées affichées, un militant. J'aurais dû me méfier. C'est au cours d'une convention du parti que la dame avait succombé au charme de ce Parisien.

– Et comment s'est terminée l'affaire ?

– Par un divorce, que le député m'a demandé de négocier. Sur le coup, je n'étais pas très fier de moi. Mais nous sommes arrivés à une solution à l'amiable qui a satisfait les deux parties. La dame a épousé l'agent immobilier. Quant au député, il est sur le point de convoler avec son assistante parlementaire. Il aurait voulu que je sois son témoin, mais j'ai crié « pouce » : j'ai témoigné à trop de mariages, j'ai trop de filleuls. Ce cumul de mandats devrait être interdit par la loi.

# 24

L'émigration n'avait pas été un drame pour Basile, même si des bouffées de nostalgie pouvaient le surprendre par moments. Il faisait partie de ces gens qui sont à l'aise sous tous les cieux et dans tous les milieux, comme d'autres ne se sentent bien nulle part. C'était son vrai capital.

La nationalité française lui avait été accordée sans problème en 1957. Par la suite, à plusieurs reprises, des formations politiques, de droite et de gauche, s'étaient proposées de le faire élire sur leurs listes. Il avait décliné toutes ces offres, n'ayant pas besoin d'une telle consécration pour se sentir intégré en France. Son pouvoir, il préférait l'exercer en coulisses. Il n'était pas un chef : ni devant les autres, ni au-dessus d'eux, mais au milieu. Je le voyais de plus en plus, en effet, comme le centre d'un cercle dont les rayons augmentaient sans cesse. Un centre d'influence et de rayonnement.

Il avait refusé les mandats, mais aussi l'Ordre du mérite, la Légion d'honneur et d'autres gâteries du même genre. Les décorations l'occupaient assez comme ça !

– C'est fou, disait-il, le nombre de personnes honorables qui rêvent d'un brevet d'honorabilité.

Décrocher pour l'un d'eux un titre de chevalier de la Légion d'honneur n'était pas la mer à boire : Basile savait à quelles portes frapper. La liste des nominations et promotions, deux fois par an, lui valait de très vifs remerciements, et parfois d'encombrants cadeaux.

Au milieu des années 50, une ligne de téléphone s'obtenait plus difficilement qu'une rosette de la Légion d'honneur. Dans ce domaine, BB était contraint de s'organiser. Il soignait particulièrement ses relations au ministère des PTT, évitant de solliciter trop souvent la même personne. L'heureux bénéficiaire de ses démarches était averti par un petit mot : « C'est la dernière fois que je vous écris... N'oubliez pas, s'il vous plaît, de me communiquer votre numéro de téléphone... »

Autrement plus délicates étaient les demandes d'exemption de service militaire pendant la guerre d'Algérie. Là, pas question de multiplier les demandes. Pour ne pas se griller auprès du cabinet du ministre de la Défense ou des officiers supérieurs qu'il connaissait, Basile devait s'en tenir à quelques cas bien sélectionnés. Cela n'aboutissait pas toujours, mais un succès lui valait une reconnaissance éternelle de la part des intéressés et de leurs familles.

Pour des questions moins graves, BB se contentait parfois d'indiquer un nom et une adresse. « Je viens de la part de Basile Batrakani » était un précieux mot de passe, un sésame qui ouvrait bien des portes. Il arrivait à des indélicats de l'utiliser de leur propre initiative. Quand il avait eu vent de ces services volés, BB décrochait son téléphone pour faire payer le voleur. Puisqu'il y avait tricherie, puisque le charme était rompu, on tombait dans le troc :

– Cher ami, on me dit que vous avez utilisé mon nom pour obtenir une remise chez un concessionnaire Simca. Voudriez-vous en retour me rendre un petit service ?

# 25

J'avais remarqué que lorsqu'on le remerciait, il ne répondait jamais : « Je vous en prie », « de rien » ou « il n'y a pas de quoi ». Il disait : « C'est un plaisir. » Le jour où je compris qu'il ne s'agissait pas d'une formule de politesse, tout me parut plus clair.

Il me le confirma lui-même, au détour d'une conversation qui s'était égarée sur les chemins de la philosophie.

– Il n'y a pas d'acte gratuit, monsieur l'Économiste.

– Toi, pourtant, Basile, quand tu rends service...

– Et alors ! C'est toujours par intérêt.

– Par intérêt ? m'écriai-je, incrédule.

– Par plaisir, si tu préfères.

Le mot lui allait bien. Mais il méritait un pluriel, comme je le découvrais peu à peu. Tout au long de la semaine, BB éprouvait des plaisirs multiples : découvrir un nouveau visage, tel un explorateur débarquant sur une terre inconnue, retrouver une vieille connaissance, mettre deux personnes en relation, résoudre un problème, recevoir un remerciement...

– La gratitude, disait-il, vaut toutes les gratifications.

Un médecin qui avait salué son « altruisme » s'était attiré un sourire désarmant.

– J'espère que ce n'est pas trop grave, docteur. A vrai dire, je ne connais pas très bien le sens de ce mot. Si vous voulez dire qu'en donnant un coup de main ici ou là, j'oublie mes petits problèmes et que je me donne quelques satisfactions... Un service ne m'a jamais appauvri.

Et si je m'étonnais moi-même de le voir perdre un quart d'heure avec un casse-pieds rencontré dans la rue, il me répondait :

– C'est mon *mazag*.

Tout était dit dans cette expression égyptienne, si souvent entendue dans notre enfance, et qui signifiait tout à la fois : c'est mon tempérament, c'est mon humeur, c'est mon plaisir, c'est mon goût. Mon goût à moi. *Mazag* exprimait quelque chose de très personnel, qui n'avait pas besoin d'explication et se passait d'autorisation. C'était un caprice, une préférence, une liberté assumée.

Il y avait dans *mazag* une idée d'abandon et de

délice, une béatitude qui pouvait s'appliquer aux satisfactions les plus banales : siroter lentement un lait d'amande douce après la sieste, se promener sur la corniche d'Alexandrie au coucher du soleil ou, simplement, rester sur son balcon vers onze heures du soir au mois de juin, quand la petite brise d'Héliopolis pouvait vous faire chavirer de bonheur.

Chaque nouveau rendez-vous semblait l'enchanter. « Mercredi après-midi à seize heures. 53 *bis*, rue Raymond-Losserand, métro Pernety. Escalier D au fond de la cour. Oui, D comme discophile. » Ou déliquescence, ou Deutéronome... Toujours cet amour des mots, qui pouvait le faire passer pour original, mais qui appartenait à sa joie de vivre et à son plaisir de communiquer.

Le caractère ludique de tout cela m'apparaissait avec de plus en plus d'évidence. Basile prenait des risques, ne calculait pas, ne prévoyait rien. Il vivait dans l'immédiat, se livrant en permanence aux jeux de l'amour et du hasard. Chaque nouvelle rencontre était une page qui s'ouvrait dans sa vie, une aventure qui commençait. La vie de Basile était un roman d'aventures.

Il détestait la société d'assurances tous risques, où rien n'était laissé au hasard :

– Surtout, que rien n'arrive ! Et rien n'arrive, en effet. L'ennui garanti à cent pour cent.

Faire confiance aux gens était pour lui une manière de jouer : il pariait toujours sur son interlocuteur. Ce n'était ni de la sainteté ni de la naïveté, mais une manière de vivre.

Croiser une connaissance sur le trottoir d'en face ne le conduisait jamais à un vague bonjour du bout des doigts. Il traversait la rue, tendait la main, plaisantait, posait des questions, intéressé, amusé, chaleureux. Il prenait son temps, avec une jouissance manifeste.

– Ton cousin est anthropophage, disait Sabine en feignant d'être inquiète. Il se nourrit des autres. Sans eux, il se sent incomplet.

Autrui était sa respiration : non pas au sens où l'on reprend son souffle entre deux efforts, mais comme une activité permanente, incessante et vitale. C'était son oxygène, et il étouffait si celui-ci venait à manquer. Il pouvait aller jusqu'à chercher querelle à des indifférents pour avoir au moins un échange avec eux.

Tourné en permanence vers les autres, Basile était centrifuge, comme on est myope ou gaucher. Il ne comprenait rien à la solitude volontaire, même pour les mobiles les plus nobles. La vie d'ermite représentait pour lui l'énigme par excellence, la plus cruelle des autopunitions. Plutôt que de savourer seul quoi que ce soit, il aurait préféré subir mille souffrances en bonne compagnie.

Il était incapable de déjeuner sans vis-à-vis ou de faire du vélo d'appartement, alors que le volley-ball, par exemple, l'enchantait.

– Au tennis, ton cousin ne joue qu'en double, remarquait Roger Marinelli, amusé.

Si BB avait ses habitudes dans le restaurant de Saint-Germain-des-Prés où il m'avait donné rendez-vous la première fois, il en fréquentait huit ou dix autres avec la même familiarité. Contrairement à ce que pouvait laisser penser son impressionnant carnet d'adresses, ce n'étaient pas les « relations » qui l'intéressaient, mais les liens.

Le téléphone sonnait, il décrochait. « Une bonne nouvelle, monsieur Batrakani. J'ai trouvé ce que vous cherchiez... » Il remerciait avec chaleur, sans en rajouter et sans rien promettre en retour. La voix satisfaite de son interlocuteur lui procurait autant de joie que la bonne nouvelle annoncée.

– On s'attache les gens parce qu'on leur rend service, disait-il. Mais plus encore parce qu'on accepte un service d'eux.

Roger Marinelli, qui semblait avoir tout compris, résumait :

– Basile éprouve beaucoup de plaisir à laisser aux gens le plaisir de lui faire plaisir.

# 26

Sabine en pleurs. Sabine ruisselante, perdant tout le fard de ses yeux amande.

– Entre Basile et moi, c'est fini !

Je fus brusquement saisi d'un immense espoir.

– Comment ça, fini ?

– Je te ferai un dessin une autre fois, dit-elle avec vivacité, en séchant ses larmes.

Elle n'arrivait pas à comprendre pourquoi mon cousin avait mis fin à leur liaison, avec douceur mais fermeté. Jamais elle ne s'était entendue aussi bien avec quelqu'un.

– Sur tous les plans, crut-elle devoir préciser.

Non, il n'était pas tombé amoureux d'une autre femme, elle en était sûre. On aurait dit qu'il s'était forcé à rompre.

– Si je peux faire quelque chose pour toi…, lançai-je, prêt à la recueillir dans mes bras.

– Oui, essaie de comprendre ce qui se passe dans sa tête. Et n'hésite pas, je t'en supplie, à m'appeler !

Maintenant, j'étais furieux contre Basile. Je m'instituais défenseur de Sabine, qui ne m'avait rien demandé. A quoi bon rendre des services à toute la Terre si l'on faisait pleurer la personne la plus proche de soi ?

BB avait un physique assez quelconque. Pour tout dire, je me trouvais beaucoup mieux que lui. Quel fluide spécial possédait-il pour séduire des merveilles comme Sabine Livenstein, Laurence Mauberger ou Zeina Daccache, à qui il aurait suffi d'un clin d'œil pour recruter n'importe quel amant ? Et pourquoi les laissait-il tomber ensuite ?

Le soupçon de perversité reprenait corps. Homme de *mazag*, BB ne prenait-il pas plaisir à manipuler les gens et à les faire souffrir ? Je me rappelais qu'un camarade de classe, à Héliopolis, s'amusait à martyriser les fourmis en cour de récréation, les coupant en deux avec un canif.

– C'est mon *mazag*, disait-il.

Sabine méritait d'être vengée. Par solidarité avec elle, je ne répondrais pas à la prochaine invitation de Basile. Ou alors, j'irais lui dire son fait. Il m'entendrait...

Mais, j'avais beau me monter la tête, ça ne prenait pas. J'étais sûr, au fond, qu'il avait été très correct avec elle. Quelque chose m'échappait dans ses relations amoureuses.

Roger Marinelli, qui le connaissait mieux que personne, avait essayé d'expliquer à Sabine :

– Basile ne peut pas se lier définitivement à une femme. Il aurait l'impression de baisser dans l'estime de toutes les autres.

Sur le coup, je ne compris pas le sens de cette remarque.

Marinelli faisait partie du premier cercle : celui des confidents et des intimes, avec qui BB aimait passer du temps, en vacances, en week-end ou le soir autour d'une bonne bouteille. Ça, c'étaient les amis. Ils se comptaient sur les doigts de quelques mains, alors que Basile entretenait des rapports chaleureux avec une infinité de personnes. Je découvrais que les services créaient des liens, pas forcément des amitiés ; et que mon cousin voulait être aimé pour lui-même, non pour les services qu'il rendait.

Les amis d'enfance, eux, étaient dispersés aux quatre coins du monde. Ce deuxième cercle ne se retrouvait jamais au complet. Dans des rencontres à trois ou quatre, bruyantes, joyeuses, pleines de nostalgie, on riait aux larmes en franco-égyptien. J'adorais me glisser parmi eux pour entendre évoquer des souvenirs qui ne m'appartenaient pas mais me touchaient terriblement. C'étaient les lieux que j'avais connus, le milieu où j'avais grandi, mais avec un décalage d'une vingtaine d'années. Comme elle devait être douce et drôle cette Égypte des années 30 et 40, quasiment épargnée par les folies de l'Europe, avec ses messieurs en tarbouche, ses naïades polyglottes, ses bals, ses salons littéraires, ses plages immaculées au bout des champs de figuiers ! Sans doute, l'embellissaient-ils un peu, mais comment douter que leur génération avait vécu avec encore plus d'insouciance et de ferveur que la mienne ?

Et puis, parmi les amis, il y avait Jean et Jeanne, le couple de la rue du Temple, pour qui Basile était un fils, un frère, un père...

Ils l'avaient accueilli chez eux en novembre 1952, l'année de son arrivée à Paris.

– Vous êtes seul dimanche prochain ? Peut-être voudriez-vous déjeuner chez nous ? lui avait demandé Jean Aurenge, après dix minutes de conversation au bar d'un café.

Le caractère spontané de cette invitation avait séduit BB. Le jour dit, il se retrouva dans un appartement sombre, au mobilier épuisé, que réchauffaient cependant un feu de bois et des rires d'enfants.

Jeanne, âgée d'une quarantaine d'années, portait sur son corps la marque de cinq maternités et de deux ou trois fausses couches. Mais son visage rayonnait. Ancien résistant, Jean dirigeait un atelier de combustibles de la SNCF à la gare de l'Est. Ils s'étaient connus à l'Action catholique ouvrière.

Tous les deux mois environ, Basile déjeunait chez les Aurenge. Il venait parfois avec son amie du moment, au risque de choquer Jean et Jeanne, qui ne concevaient l'amour que dans le mariage et pour l'éternité. Mais ils fermaient les yeux et donnaient la place d'honneur à l'accompagnatrice : de Basile, ils étaient prêts à tout accepter.

## 27

J'ai rencontré Luco rue Raymond-Losserand, peu de temps après la rupture avec Sabine. « Rencontré » est une façon de parler : au moment où je pénétrais dans l'immeuble, cet excité, qui dévalait les marches du premier étage, a failli me renverser.

– Vous pourriez vous excuser ! ai-je crié après avoir reçu un coup dans les côtes.

– Ta gueule ! m'a-t-il répondu en enfourchant sa moto, avant de démarrer dans un nuage de fumée.

Luco m'énervait. Mais il fallait faire attention à ce qu'on disait de Luco devant Basile... A vingt-six ans passés, cet enfant de l'Assistance publique n'était toujours pas entré dans la vie adulte, malgré tous les efforts de son protecteur, qui lui avait trouvé une douzaine d'emplois successifs. Cela ne durait jamais plus de quelques semaines.

– Votre Lucien travaille un jour sur trois, soupirait l'employeur. Et encore, quand je dis travaille...

Inconstant, maladroit, colérique, Luco ne se serait jamais fait embaucher par quiconque sans un soutien aussi puissant. Pendant quelque temps, BB avait caressé l'espoir que ce marginal se révélerait au bout du monde. Mais plusieurs essais à Autres Terres, en Thaïlande et en Indonésie, s'étaient soldés par des drames.

Luco se présentait régulièrement rue Raymond-Losserand pour annoncer qu'il avait abandonné son travail, jugé insupportable. La tristesse qu'il lisait alors dans les yeux de BB valait la pire des engueulades. Il baissait la tête et laissait passer cet orage silencieux. Pour lui, Basile était un soleil, qui finissait toujours par briller.

Le jour où je fis l'erreur, comme tant d'autres, de m'étonner de sa patience, mon cousin me remit à ma place :

– Tu veux que je laisse tomber Luco ? Après tant d'années ? Qui s'intéressera à lui ? C'est facile de recommander des gens recommandables, monsieur l'Économiste. C'est tout bénef : l'employeur t'en sait gré, et le brillant élément à qui tu as fait la courte échelle t'en remerciera d'autant mieux qu'il aura vite grimpé les marches. On aide volontiers ceux qui en ont le moins besoin, ceux qui s'en seraient sortis de toute façon. Mais Luco ?

Il se gardait bien d'ailleurs d'avoir une relation à sens unique avec lui, et le sollicitait régulièrement :

– Luco, j'ai un conseil à te demander. Mon transistor est mort. Je dois en acheter un nouveau. Quelle marque faut-il prendre ? Peux-tu te renseigner ?

L'éclair de joie qu'il voyait poindre dans les yeux de son protégé lui faisait oublier toutes les misères passées et à venir.

Un ami psychanalyste estima que Luco souffrait d'ambivalence :

– Son incapacité d'agir est provoquée par une attitude hésitante dans tous les domaines. Il éprouve des sentiments contradictoires, qui se traduisent simultanément par des attitudes opposées. Il aime et déteste. Il désire travailler et rejette le travail. Il affirme une chose et la nie en même temps.

– C'est ce qu'on appelle de la schizophrénie ? demanda BB.

– Non, pas vraiment. Mais on dirait que ce garçon retrouve un peu son unité avec toi.

Réconcilier Luco avec lui-même ? C'était trop abstrait pour Basile.

– Ça m'apprendra à discuter avec des psy ! grommela-t-il.

De toute manière, cette situation ne pouvait durer éternellement. Il fallait bien que ce garçon cesse un jour de dépendre de lui et vole de ses propres ailes. Mais comment le mettre en mouvement ? Il cherchait patiemment à allumer une petite flamme, persuadé qu'elle ne s'éteindrait pas.

Un samedi soir, quelques années avant mon arrivée en France, Basile rentrait chez lui quand il fut apostrophé par un groupe de blousons noirs faisant pétarader leurs motos au carrefour du boulevard de Port-Royal.

– Hé ! le monsieur ! Pas trop serrée, la cravate ?

Un autre que lui aurait accéléré le pas. Mais il s'arrêta, en essayant de sourire.

– En quoi elle vous gêne, ma cravate ?

– Elle nous gêne, figure-toi ! Tu peux pas savoir combien elle nous gêne ! lança l'un d'eux en le saisissant par le revers de sa veste.

BB fit spontanément un geste pour le repousser.

– Holà ! Holà ! cria un grand rouquin. Tu agresses mon copain ? Je vais te montrer, moi, ce que je fais aux cravateux qui agressent mes copains !

D'un geste sec, il ouvrit son couteau à cran d'arrêt et le mit sous le nez de Basile. Puis il inclina lentement la lame, que la lumière du réverbère faisait luire, et commença à lui piquer la joue.

– Tu l'aimes pas, mon copain ? Dis, tu l'aimes pas ? Dis-le, connard !

BB aurait voulu le calmer, mais les mots ne sortaient pas de sa bouche. Il sentait la pointe de la lame sur sa peau.

– Une jolie balafre ? demandait le rouquin. Qu'est-ce qu'il dirait le monsieur d'une jolie balafre ?

Brusquement, il empoigna la cravate de Basile et la fendit d'un coup de couteau. Des ricanements saluèrent son geste.

En tremblant un peu, mon cousin dénoua ce qui lui restait de cravate et la glissa dans une poche. Il allait s'éloigner quand le plus jeune des motards, qui se rongeait nerveusement les ongles, l'apostropha avec véhémence :

– Pourquoi pas un nœud papillon ? Les papillons, ça vole. Ça vole des habits. Comme les moines. L'habit fait le moine, et les moines font des saloperies...

Dans cette envolée incohérente, il mélangeait tout : les vestes croisées et ceux qui retournaient leur veste, les chaussures à talon et le cirage de pompes, les cols roulés et les crapules qui roulaient le peuple... Ses camarades, peu intéressés, détournèrent la tête, s'occupant déjà d'un autre passant qui avait commis l'erreur de porter un chapeau.

BB se remettait peu à peu de sa frayeur. Il essayait d'écouter ce garçon à la mèche batailleuse, qui réglait des comptes avec un fantôme.

– Je m'appelle Basile, lui dit-il à l'issue de ses vociférations. Et toi ?

Il s'appelait Luco.

# 28

Pour cette deuxième année universitaire, je souhaitais habiter plus près de la faculté. Il me fallut une semaine de recherches pour trouver un autre logement.

– Tu ne m'as rien demandé ! s'exclama BB sur un ton de reproche quand je lui fis part de ma nouvelle adresse.

– Je ne voulais pas te déranger, dis-je.

Il hocha la tête d'un air consterné.

– Ton vocabulaire me désespère. Déranger, déranger... As-tu réfléchi dix secondes au sens de ce mot ? Explique-moi en quoi tu aurais mis du désordre chez moi. Tiens ! Tu me fais penser à Geneviève.

Vexé d'être comparé à la propriétaire du salon de thé, je l'interrogeai du regard.

– Mais oui, dit-il, Geneviève ne me pardonne pas d'avoir dérangé son existence. C'est une femme d'ordre. Elle aime que les choses – et les hommes – soient à leur place.

– Les hommes ?

– Je crois qu'elle n'est vraiment à l'aise qu'avec les fournisseurs et les dragueurs.

Déranger... Basile, lui, osait demander. C'était l'une des rares choses qu'il avait retenues des cours de catéchisme de son enfance : « Demandez et l'on vous donnera ; frappez et l'on vous ouvrira... » Le « Sonnez et entrez » de la rue Raymond-Losserand n'en était-il pas un peu inspiré ?

Basile frappait aux portes avec d'autant plus de détermination que le service demandé n'était jamais pour lui. Il n'avait ni la fragilité ni la honte du quémandeur. Si un refus injustifié pouvait le mettre en colère, il ne changeait rien à sa propre vie.

Je découvrais peu à peu qu'il était au cœur d'une immense toile. Son « bras long » dépassait tout ce que j'avais imaginé. Il pouvait téléphoner à un ministre, être reçu dans la journée par l'archevêque de Paris ou faire admettre un fils d'ouvrier dans la plus cotée des écoles suisses.

« On ne donne que ce qu'on a », dit le proverbe. Mais BB, lui, pouvait donner cent fois plus qu'il ne possédait, dans la mesure où il empruntait aux uns pour offrir aux autres. Son système ne multipliait-il pas à l'infini l'échange entre deux personnes ?

– Le petit monde parisien excelle dans le renvoi

d'ascenseur, remarquait Roger Marinelli. Tu dis du bien de mon film, j'encenserai le tien… Ton cousin, lui, n'a rien à vendre. C'est un intermédiaire sans commission.

Bien sûr, Basile recevait quelques cadeaux – beaucoup trop, à son goût, surtout autour de Noël et du Nouvel An. Le champagne arrivait alors par caisses entières, et ce n'étaient pas des bulles au rabais. Ne pouvant renvoyer ces présents, il en offrait une bonne partie autour de lui. Plus d'un concierge de la rue Gay-Lussac aura trinqué à sa santé !

Tout au long de l'année, il recevait des invitations pour des « premières », au théâtre, au cinéma ou au music-hall. Ces sorties parisiennes l'enchantaient. Il y était toujours accompagné, d'une amie, d'un ami, parfois d'un de ses nombreux filleuls auquel il voulait faire plaisir. J'ai dû en bénéficier une douzaine de fois, m'étonnant toujours du nombre de personnes qui se précipitaient pour l'embrasser ou lui serrer chaleureusement la main.

BB apparaissait sur des photos mondaines de *Jours de France*, au milieu de quelques vedettes, mais son nom figurait rarement dans les légendes : on le désignait par « un ami ». Pour le grand public, Basile Batrakani était un inconnu. Le *Who's Who* l'ignorait : quel statut et quels mérites aurait-on pu attribuer à ce clerc de notaire à mi-temps ?

# 29

Ce mercredi de novembre, décidé à s'offrir son après-midi, Basile n'avait fixé aucun rendez-vous rue Raymond-Losserand. Il flânait sur les quais, en face de Notre-Dame, pour le plaisir de se promener au soleil et d'échanger quelques mots avec les bouquinistes. Il connaissait pas mal d'entre eux, qu'il sollicitait régulièrement, non pour lui-même – il lisait peu – mais pour des relations à la recherche d'ouvrages rares ou épuisés.

Les bras étroits de la Seine, enserrant l'île de la Cité, lui rappelaient par contraste les grandes étendues du Nil. De la maison des cousines Dabbour, à Zamalek, l'autre rive semblait être à mille lieues. On ne distinguait même pas les visages des bateliers, au centre du fleuve, attendant patiemment que le vent veuille bien gonfler les voiles de leurs felouques. Basile, qui adorait et Paris et Le Caire, se sentait bigame.

– J'ai un cœur de chaque côté...

Il prit l'escalier et descendit vers la berge, déserte en ce milieu d'après-midi. Au-delà du pont de la Tournelle, une petite musique l'attendait. Il s'arrêta à quelques pas d'une jeune fille mince, aux cheveux très courts, qui jouait de la flûte traversière, debout face à la Seine. Concentrée sur son instrument, elle ne le regarda pas. Et, même quand elle eut fini son morceau, elle resta immobile, les yeux plongés dans l'eau grise, comme seule au monde.

– C'est une flûte ? demanda Basile pour dire quelque chose.

– Non, c'est un fer à repasser.

Il sourit.

– Vous jouez très bien, dit-il, essayant de se rattraper. Dommage que je ne connaisse rien à la musique.

Cette fois, elle se tourna vers lui et le fixa avec ironie.

– Il est difficile de faire un compliment plus convaincant.

BB rit de bon cœur.

– Excusez-moi. Je vous ai interrompue et je ne dis que des bêtises. Je vais vous laisser tranquille.

– Ah bon ? fit-elle, alors qu'il s'apprêtait à repartir. Et moi qui pensais que vous vouliez m'offrir un café !

Basile proposa de se rendre non loin de là, dans un établissement qui servait un excellent moka brésilien.

– En réalité, je déteste le café, dit Manuela. Vous n'auriez pas sous la main un thé au jasmin ?

Sous la main… Elle aurait pu dire aussi bien « dans votre manche ». Comme si, d'instinct, elle avait tout su de lui.

Naturellement, BB connaissait un chinois, de l'autre côté du boulevard Saint-Michel, où l'on trouvait les thés les plus variés de Paris.

Il était conquis mais un peu dérouté. D'habitude, c'était lui qui charmait les femmes par ses répliques et les faisait rire. Manuela avait, d'emblée, donné le ton.

En tee-shirt blanc et jean délavé, elle pouvait passer pour une étudiante. Mais, comme il l'apprendrait bientôt après avoir vidé deux théières de Yunnan, elle avait vingt-quatre ans passés et faisait partie de l'orchestre des concerts Lamoureux.

Ils quittèrent le chinois vers sept heures du soir pour s'attabler dans une pizzeria, à l'autre bout du quartier Latin. Autour de minuit, ils parlaient encore, de tout et de rien.

– Bizarre, ce mot *mazag*, dit Manuela. Comment peut-il signifier, à la fois, tempérament, goût, plaisir, caprice, béatitude ?

– Il signifie aussi mélange, précisa BB. Un mélange subtil. Le mélange parfait.

Elle le regarda quelques instants en silence, son verre à la main. *Mazag* la laissait songeuse.

Deux jours plus tard, Manuela vint à l'appartement de la rue Gay-Lussac. Elle n'avait qu'une sacoche en bandoulière. L'étui de sa flûte se balançait au bout de son bras.

Le lendemain matin, elle repartit avec son maigre chargement, ne laissant même pas sur place une brosse à dents.

D'ordinaire, Basile devait délicatement défendre son territoire pour empêcher les femmes de s'installer chez lui. Manuela, elle, ne risquait pas de s'incruster. Cette fille aérienne entrait dans sa vie sur la pointe des pieds, comme un ange.

# 30

Jusqu'ici, j'avais fortement envié mon cousin pour ses conquêtes féminines. J'étais tombé amoureux de Laurence, puis de Sabine, après avoir fantasmé – avec tant d'autres – sur la belle Zeina Daccache. Là, c'était très différent. Je ne comprenais pas ce que Basile trouvait à cette sauvageonne, insaisissable. Elle me paraissait d'ailleurs trop jeune pour lui.

Sans vouloir me l'avouer, j'étais jaloux d'elle, comme je l'étais, d'une certaine manière, de Luco. A chacun d'eux, je reprochais inconsciemment de me voler Basile. Mais celui-ci n'était prêt à céder à personne sa liberté. Manuela l'avait tout de suite compris, et c'est peut-être ce qui lui donnait tant de force.

Nous allâmes l'écouter un soir d'octobre à la salle Gaveau. Elle était méconnaissable, en chemisier blanc et jupe noire. Pourtant – étaient-ce ses cheveux très courts ? l'absence de fard sur son visage ? –, elle se distinguait de toutes les autres musiciennes.

Directe, entière, Manuela n'hésitait pas à exprimer brutalement sa pensée. Elle était rebelle à toute minauderie, fût-ce pour séduire Basile. La comédie, même légère, lui était inconnue.

– Manuela ne sait jouer que de la flûte traversière, commentait-il avec amusement.

BB, lui, avait hérité toute la souplesse de nos ancêtres. Et, malgré une intégration parfaite dans son pays d'adoption, il ne parvenait pas à s'habituer à cette France binaire, désespérément symétrique, dans laquelle s'opposaient en permanence Nord et Sud, gauche et droite, public et privé, laïcs et catholiques... Une société du conflit permanent, d'une rigidité congénitale, qui lui donnait l'impression de se heurter continuellement aux mots.

– Les mots, disait-il, c'est comme les vagues. Il faut savoir les prendre.

Son boucher et sa boulangère, normands l'un et l'autre depuis vingt générations, semblaient appartenir à deux planètes distinctes. Le poujadisme de l'un et le radical-socialisme de l'autre incitaient les clients à la prudence. Mieux valait ne pas se présenter devant l'étal une baguette à la main...

Venant d'un monde cosmopolite, où l'on ne partageait ni la même religion ni la même origine nationale, Basile avait du mal à comprendre que ces Français, si semblables entre eux, se crêpent ainsi le chignon. Fallait-il être différents pour s'épargner, et très proches pour s'offrir le luxe de s'affronter ?

La tolérance, sans doute excessive, dont il faisait preuve mettait Manuela en fureur. Mais il était ainsi : capable de comprendre un lâche, un menteur ou un escroc, le mari le plus odieux ou le plus vulgaire des racistes. D'instinct, il prenait les gens du bon côté.

– Côté jardin, disait-il, comme s'il reconnaissait en chacun une petite part de lui-même.

Intolérant, BB ne l'était qu'avec l'intolérable. Je pense à cette scène fameuse, survenue dans un café des Champs-Élysées, où tout le personnel le connaissait. Il y avait donné rendez-vous à un conseiller d'ambassade sud-américain qui voulait le rencontrer discrètement.

D'entrée de jeu, le diplomate lui demanda s'il pouvait « obtenir deux jeunes filles, des vraies jeunes filles, pas des putes », pour égayer le prochain séjour à Paris de son général-président. Basile, stupéfait, réussit à dominer sa colère. D'un ton charmeur, il commença par remercier le Sud-Américain de sa confiance. Puis, d'une voix un peu plus forte :

– Mais votre président aime peut-être aussi les petits garçons ?

Les clients des tables voisines dressèrent l'oreille.

– Je vous dis ça, précisa-t-il, parce que nous venons de recevoir un arrivage de petits Noirs. Impeccables. Vous verriez ça ! Il y a des blonds aussi, bien sûr, mais c'est plus cher.

Le diplomate jetait des regards inquiets autour de lui.

– Rassurez-vous, ajouta Basile en haussant davantage la voix, le Quai d'Orsay n'en saura rien. Et je vous promets de ne rien dire à mes amis journalistes. C'est bien lundi 15 que votre président arrive ? Nous avons tout le temps. Alors ? Deux vierges et des petits Noirs ? Je vous en mets combien ? Et rappelez-moi surtout s'il faut livrer à la résidence de l'ambassadeur – avenue Foch, n'est-ce pas ? – ou dans un hôtel...

Le visage blême, le conseiller d'ambassade se leva pour partir. BB le retint par la manche.

– L'addition est pour monsieur ! lança-t-il aux serveurs qui observaient la scène d'un air amusé.

Sous les exclamations de plusieurs clients, le Sud-Américain jeta un gros billet et s'enfuit sans demander son reste.

# 31

– Dieu vous le rendra ! murmura le mendiant à Manuela, qui venait de lui glisser une pièce dans la main.

Cela déplut à notre flûtiste.

– Que vient faire Dieu là-dedans ? s'exclama-t-elle pendant que nous prenions place au restaurant.

– Tu ne poserais pas la question si tu vivais en Égypte, lui dit Basile en souriant. Là-bas, les mendiants sont plus prolixes, et sans doute moins mécréants. Ils appellent sur toi, pendant une bonne minute, toutes les bénédictions d'Allah.

Dans la suite de la conversation, Manuela évoqua les exercices de politesse mécanique qu'on lui avait imposés dans son enfance, les « Qu'est-ce qu'on dit ? » et les « Merci qui ? ». Je la trouvai plus drôle que je ne le pensais.

– Mes grandes cousines, elles, ne disaient jamais merci, remarqua BB.

Il nous raconta la visite annuelle qu'il effectuait en Égypte chez les sœurs Dabbour, au nom des *waguibate* (obligations) de Pâques :

– Malgré tout le talent d'une batterie de marieuses, aucun prétendant n'avait voulu de ces six laiderons qui subissaient leur célibat ensemble dans une grande maison de Zamalek, au bord du Nil. Pour accueillir la famille, les sœurs Dabbour formaient une haie d'honneur dans le couloir. L'invité qui entrait avec son petit cadeau était accueilli par trois paires de « Fallait pas ! », prononcés comme des soupirs désolés. Chaque année, je pariais avec des cousins qu'en arrivant à la hauteur des derniers jupons je chuchoterais : « Fallait-il ? » Mais mon regard rencontrait immanquablement celui d'un autre invité, et le fou rire explosait...

– Nous, c'était à Noël, dit Manuela. Nous allions toujours offrir une bouteille d'armagnac au vieil oncle qui habitait Manosque. Et il disait toujours dans un grand sourire : « Vous me gâtez ! » En voyant ses dents noires et déchaussées, on avait l'impression de commettre une mauvaise action.

Une discussion s'engagea sur les formules de remerciement.

– Ce ne sont pas les mots qui comptent mais ce qu'on met derrière, remarqua BB. Un vrai merci exige de la générosité.

Nul n'était mieux placé que lui pour en parler : à

longueur d'année, il fréquentait deux sœurs jumelles, Gratitude et Ingratitude, qui s'ingéniaient à se confondre.

Certains bénéficiaires de ses services réagissaient en vrais mufles : ils rouspétaient, s'impatientaient, tempêtaient. Ce n'était jamais suffisant, ça n'arrivait jamais assez vite... Obtenir gratuitement une chose les incitait d'ailleurs à en réclamer aussitôt une autre, comme s'ils avaient acquis un droit.

– Et moi qui pensais pouvoir vous faire confiance ! gémissait au téléphone un entrepreneur de Meudon, terriblement déçu parce qu'une Mercedes d'occasion venait de lui échapper.

Basile, qui avait fait la connaissance de cet homme désagréable au cours d'une soirée, s'en voulait de lui avoir dit :

– Une six-cylindres ? Je peux vous trouver ça.

Il ignorait que le garagiste du quinzième arrondissement auquel il pensait venait de vendre le véhicule en question. Laisser tomber l'entrepreneur ? Une certaine fierté – peut-être un reste de bravoure orientale – l'incitait à remuer ciel et terre pour trouver une Mercedes similaire. Il finirait par la dénicher, à Toulouse, à Modane ou dans la banlieue de Roubaix...

Les débiteurs amnésiques étaient encore plus décevants. Ceux-là avaient effacé de leur mémoire le service reçu. Je me souviens de ce chanteur qui se vantait bruyamment d'avoir forcé la porte d'une grande maison de production, omettant de préciser que BB était intervenu à trois reprises pour obtenir le rendez-vous qui devait lui permettre d'être auditionné et d'enregistrer son fameux disque.

D'autres obligés de Basile, plus cyniques, faisaient mine de ne pas le connaître. Leurs regards vides le blessaient terriblement et lui donnaient l'impression de ne plus exister.

– L'absence de reconnaissance, à la rigueur, murmurait-il. Mais j'aimerais au moins être reconnu dans la rue.

D'autres encore trouvaient mille prétextes pour ne pas lui rendre un service en retour. Il n'insistait guère.

– Un service doit être un plaisir. Sinon, ce n'est pas la peine.

A regret, il biffait du répertoire le nom de l'ingrat. Cette relation-là n'aurait été « qu'un premier service » : une relation à sens unique, mort-née.

Dans certains cas, pourtant, l'intéressé se manifestait quelques années plus tard, mine de rien, pour le solliciter une deuxième fois. Basile aurait pu l'envoyer balader, mais il l'accueillait comme le fils prodigue, oubliant à son tour le passé. Et le répertoire s'enrichissait à nouveau d'un nom, d'une adresse et d'un numéro de téléphone. La chaîne regagnait un maillon.

# 32

Pour ce dîner, une autre que Manuela aurait fait l'erreur de proposer son aide ou même – je pense à Laurence Mauberger – de vouloir jouer à la maîtresse de maison. La flûtiste s'était éclipsée de bon matin, emportant ses maigres affaires : elle avait deviné que Basile voulait recevoir seul.

L'un des grands plaisirs de mon cousin était en effet d'organiser des dîners à trois, chez lui. Il avait l'art d'assortir deux personnes, parfois avec audace, comme on assortit des fleurs ou des couleurs. Il se félicitait, entre autres, d'avoir permis à un célèbre astronome de rencontrer un chanteur d'opéra qu'il admirait depuis longtemps. Ce chanteur s'intéressait aux mystères de l'univers, mais il ne lui serait pas venu à l'idée de frapper à la porte d'un membre du Collège de France... C'est également dans la salle à manger de BB que s'étaient connus les deux auteurs du best-seller *Tir au but.* Même le maître des lieux n'aurait pas imaginé une aussi bonne rencontre entre un ingénieur atomiste de Saclay et un footballeur de Saint-Étienne.

Mais, ce 9 janvier 1965, Basile était tendu. Il sentait que le courant passait mal entre ses deux invités. Le peintre ne buvait que de l'eau, ce qui avait jeté un froid dès l'apéritif. Quant au syndicaliste de Renault, l'art abstrait lui était manifestement indifférent. Les ayant laissés seuls quelques instants pour apporter la paella, BB se demandait si cette fois il n'avait pas présumé de sa capacité d'entremise et commis une grossière erreur.

Le peintre, peut-être par provocation, se lança dans un panégyrique de l'économie américaine.

– Mais je vous croyais de gauche ? fit Basile, étonné.

– On peut être de gauche et intelligent ! répondit l'artiste.

Le militant de la CGT ne détestait pas les joutes oratoires, mais il estima inutile de croiser le fer avec un tel amateur. Basile, inquiet, constatait que l'un et l'autre se servaient à peine de paella, et il s'en voulait de n'avoir pas prévu un gigot ou un pot-au-feu.

La conversation languissait. BB déployait des trésors d'ingéniosité pour la ranimer régulièrement. Il finit par se lancer dans un grand classique, racontant avec force détails l'aventure de l'un des ancêtres Dabbour, au cerveau un peu fêlé, qui avait voulu imiter les oiseaux en se jetant du haut de la Citadelle du

Caire. La légende disait que ce pionnier de l'aviation avait été rattrapé de justesse par un derviche tourneur, qui passait par là.

– Je suis de Calais, précisa le syndicaliste. C'est à côté de chez moi que Blériot s'est élancé d'une falaise pour réussir la première traversée aérienne de la Manche.

Son récit contribua à détendre l'atmosphère. Le peintre fit savoir qu'il avait exposé quelques années plus tôt à Londres un tableau intitulé *Aviation*. Basile, soulagé, alla chercher le fromage.

– Et comment est-il, ce tableau ? demanda le syndicaliste.

– Très dépouillé.

– Comment ça ?

– C'est une toile blanche.

– Ça alors ! Avec rien dessus ?

– Le coin inférieur droit est griffé par deux petits nuages gris, témoins privilégiés d'un passage fulgurant.

– J'aimerais voir la chose ! dit le responsable de la CGT d'un ton ironique.

– Je n'ai plus cette œuvre. Elle a été vendue à un amateur californien. Assez cher, je dois dire...

Basile crut devoir remplir le verre du syndicaliste.

– J'ai reçu ce vin de Bourgogne la semaine dernière. Dites-moi franchement ce que vous en pensez.

Mais le dîner était définitivement gâché. BB, atteint d'une forte migraine, ne retint pas ses convives, qui partirent à quelques minutes d'intervalle, aussitôt après le café.

Il alla se coucher, sans débarrasser la table, furieux contre lui-même, des jurons en arabe plein la bouche.

Le lendemain après-midi, il avait rendez-vous avec Manuela dans un bistrot de Saint-Germain-des-Prés. Elle le trouva bien agité.

– Comment était la paella ?

– Détestable.

– Tu devrais changer de menu.

– Tu veux dire de pays ! C'est incroyable ce que les Français peuvent être rigides ! Des blocs de certitude. Des blocs de glace, aux angles pointus. La guerre civile permanente.

Elle faillit lui répondre que rien ne l'obligeait à camper sur la ligne de front, sous les balles. Mais le désarroi qu'elle décela dans son regard l'émut.

– Ton bistrot est trop enfumé, dit-elle. Si on allait marcher, avec ce soleil ?

Elle l'entraîna vers les quais. Après avoir descendu les marches, ils se retrouvèrent à l'endroit de leur première rencontre. Manuela sortit son instrument et se mit à jouer. Basile la regardait, ravi, ayant déjà oublié le dîner de la veille.

– C'est une flûte ? demanda-t-il.

Elle tomba dans ses bras.

# 33

Un certain Ernest Zimmerbach téléphonait régulièrement à BB, pour une éternelle lamentation :

– Vous ne m'appelez jamais, monsieur Batrakani. Vous m'oubliez.

Mon cousin levait les yeux au ciel puis, d'un ton un peu las, tentait de le rassurer :

– Mais non, cher ami, je ne vous oublie pas.

La première fois que j'entendis parler d'Ernest Zimmerbach, j'exprimai mon étonnement :

– Tu ne peux vraiment pas l'aider, Basile ?

– J'essaie, mais il est insatiable.

– Un entêté ?

– Un endetté.

Quelques années auparavant, M. Zimmerbach, maroquinier de son état, rêvait de louer un magasin sur le boulevard Saint-Michel. Les places étaient rares. BB avait fini par lui trouver un local, peu cher de surcroît. Ernest Zimmerbach, fou de joie, voulut lui verser, à titre de remerciement, le montant de trois loyers mensuels. Basile refusa, mais le sentit tellement désemparé qu'il promit de lui demander un service en retour à la première occasion.

Dès la semaine suivante, il lui envoyait en effet une jeune veuve, mère de deux enfants, à la recherche d'un emploi. Elle fut embauchée sur-le-champ.

Mais M. Zimmerbach estimait ne pas en avoir fait assez et n'arrêtait pas de se proposer pour d'autres services. L'expression « éponger sa dette » prenait chez lui tout son sens : cette éponge avait beau être pressée, il y restait toujours quelque chose.

A trois ou quatre reprises, Basile fit appel à lui, chaque fois avec le même succès – et le même effet limité. Écrasé par le poids de sa dette, le maroquinier n'en finissait pas de la payer.

– Vous ne m'appelez jamais, monsieur Batrakani ! geignait-il. On dirait que vous ne me faites pas confiance.

Manuela avait cru élucider le mystère. Un soir, au restaurant, elle exposa sa trouvaille d'un air triomphant :

– Ton Zimmerbach est alsacien. Il a dû être marqué par la langue de Goethe.

– Ah bon ? fit Basile avec un sourire interrogatif.

– Sais-tu comment on dit « débiteur » en allemand ? demanda-t-elle.

– En allemand, je ne sais même pas dire bonjour.

– Débiteur, c'est *schuldig*.
– Tant mieux.
– Attends ! Sais-tu comment on dit « coupable » ?
Et, au bout de quelques secondes :
– Coupable se dit *schuldig* aussi !
L'explication valait ce qu'elle valait. Basile n'était pas plus avancé.

Nettoyé tous les soirs, briqué, astiqué, le magasin d'Ernest Zimmerbach était mieux tenu qu'une chapelle de carmélites. Dans la vitrine, les sacs à main étaient alignés comme à la parade. Ce vieux garçon méticuleux, qui habitait avec sa mère, passait boulevard Saint-Michel tous les dimanches matin, avant la messe, pour s'assurer que les lumières étaient bien éteintes. Il avait pourtant vérifié les interrupteurs un à un, la veille, avant de partir.

Tiré à quatre épingles, toujours vêtu de costumes sombres, l'Alsacien détestait la fantaisie. Sa vie était entièrement organisée pour se prémunir contre le hasard. Rien ne le perturbait autant qu'un rendez-vous impromptu ou une livraison annulée au dernier moment.

Chez M. Zimmerbach, l'amour de l'ordre s'accompagnait d'une haine de la saleté. Ce mot, dans sa bouche, évoquait autant la poussière et les cacas de pigeons que la souillure morale. Ne vivait-il pas lui-même dans le péché, coupable de ne jamais travailler autant qu'il aurait fallu ? Sa hantise de la faute et son délire de culpabilité s'étaient cristallisés sur sa dette à l'égard de Basile Batrakani. Ce magasin, qui lui donnait par ailleurs tant de satisfactions, était une marque sur sa chair. Une marque au fer rouge. Ineffaçable.

BB ne savait que faire. Par moments, il se rétractait.

– En le sollicitant, nous disait-il, je l'enferme dans sa parano. Je lui rends un mauvais service.

Mais les gémissements de M. Zimmerbach l'ébranlaient. Il lui arrivait alors d'inventer des demandes inutiles, auxquelles l'autre s'empressait de répondre. Ça tournait parfois au ridicule. Le jour où, à court d'idées, Basile se déclara à la recherche d'une boucle de ceinture d'un certain type, il reçut six ceintures en crocodile et six autres en lézard. Dès lors, il évita de demander au maroquinier le moindre objet matériel.

– Zimmerbach finira par te coucher sur son testament, dit Manuela.

– Mais, du Ciel, il m'appellera encore pour me proposer ses services !

# 34

Rien ne décevait autant Basile que les gens qui voulaient s'acquitter de leur dette sur-le-champ.

– Un client qui exige de payer tout de suite est un client perdu, commentait-il avec amertume.

Parfois, il explosait :

– Les gens sont incroyables ! Tu leur fais un cadeau, et ils sortent aussitôt leur chéquier. Bonjour la politesse ! Ou alors ils veulent te faire un cadeau en retour, comme pour annuler ton geste. Autant rendre le cadeau lui-même, avec son emballage, sans le décacheter : c'est encore le moyen le plus sûr d'être quitte et de ne rien devoir.

A un ami éditeur, il avait dit un jour :

– Pourquoi publie-t-on des manuels sur « l'art de recevoir » chez soi ? On ferait mieux d'apprendre aux gens à recevoir des services. C'est d'abord ça, le savoir-vivre !

J'ai mis du temps à démêler une apparente contradiction : dans la mesure où le système BB reposait sur le service en retour, ne supposait-il pas, justement, de « rendre » ? En réalité, rien n'était explicite, et rien ne devait l'être. Il fallait que cela vienne naturellement, en son temps. Conclure un contrat au départ n'aurait été qu'un vulgaire troc, fût-il différé : je te donne ceci, tu me donneras cela... Comme le service en retour n'était jamais exactement égal au service premier, une dette subsistait, dans un sens ou dans l'autre, qui renforçait le lien.

Basile détestait l'expression « donnant-donnant », et je m'en étais aperçu dès ma première visite chez lui, le jour de Pâques.

– C'est la loi du talion, commentait-il. Œil pour œil, don pour don.

Pouvait-on, du reste, établir l'équivalence entre deux services ?

– Ça dépend de tant de choses, monsieur le Philosophe : à qui tu l'offres, comment tu l'offres, la manière dont il est reçu... Un service, c'est beaucoup plus qu'un service. Il y a ce que tu offres, et puis il y a le geste, tout ce qui l'accompagne.

Basile ne m'appelait plus « monsieur l'Économiste » que lorsqu'il était contrarié. J'étais devenu « monsieur le Philosophe » ou, plus simplement, « Aristote ».

L'obligation de « rendre » l'agaçait au plus haut point :

– Rendre, rendre, quel mot étrange ! Ça fait penser à vomir. Tout nu, ce mot est obscène. Il n'a de sens qu'avec un complément : on rend des coups, on rend justice, on rend des comptes...

– On rend service aussi, remarquai-je.

Il me regarda d'un air étonné.

– C'est vrai. Drôle d'expression ! Il faudrait « offrir » un service. Pourquoi « rendre » ? Surtout quand c'est le premier.

Et, après quelques instants de réflexion :

– Mais ce n'est jamais le premier. Nous naissons tous avec une dette – et quelle dette ! Cette vie qui nous a été donnée. Et tout le reste, ensuite... Nous sommes couverts de dettes. Au fond, nous ne faisons que rendre un peu de tout ce qui nous a été donné dans l'enfance.

Qu'avait-il reçu lui-même ? Il aurait été incapable de le dire. Sa personnalité en était façonnée, comme un artiste se confond avec ses dons. Basile était un artiste de la relation.

Il continuait à réfléchir à haute voix :

– On devrait toujours demander aux gens leur lieu et dette de naissance... Mais voilà que je philosophe maintenant ! Tu vois où tu m'entraînes avec tes remarques !

On aurait dit qu'il s'en voulait de conceptualiser ses sentiments. Cet amoureux des mots détestait les définitions.

# 35

Sabine, que j'avais perdue de vue depuis plusieurs mois, me manquait. Ses rires, ses emportements, sa turbulence... Qui m'interdisait, après tout, de me rendre à son bureau, au jardin des Plantes ? « Je passais par là, j'ai pensé te faire un petit bonjour et te donner des nouvelles... »

J'approchais du portail quand je la vis sortir en courant, un grand carton sous le bras. Le bus venait de s'arrêter à la station, et elle n'entendait pas le manquer. Étonnée de me voir sur son chemin, elle me lança un rapide « Salut, excuse-moi ! » avant de s'engouffrer dans le véhicule. Puis elle se fraya un chemin jusqu'à la plate-forme découverte, à l'arrière, pour me parler, encore tout essoufflée.

– Je passais par là, dis-je. J'avais pensé te faire un petit bonjour.

– C'est vraiment sympa. Oui, il faudrait qu'on se voie. Demain après-midi, si tu veux. Je travaille chez moi.

Le bus s'ébranla. Je lui fis un signe de la main et plusieurs hochements de tête pour accepter, bien sûr, son invitation.

Les giboulées de mars avaient cédé la place à un temps quasi estival. Du studio de Sabine, qui dominait le parc Montsouris, on plongeait sur des cerisiers en fleur. Cette pièce tout en hauteur, aux larges baies vitrées, était elle-même envahie de plantes. Un escalier en colimaçon conduisait à une petite chambre à coucher en mezzanine, fermée par une simple balustrade de bois.

Pieds nus, en short, Sabine portait un débardeur à fines bretelles qui cachait à peine ses seins. Je crois qu'elle ne m'attendait pas aussi tôt. Pour moi, l'après-midi commençait à quatorze heures – surtout cet après-midi-là.

– Que préfères-tu ? me demanda-t-elle après m'avoir embrassé sur les deux joues. Un café ou un cocktail de ma composition ?

C'était un mélange de fruits exotiques, de jus de canne et de rhum, qui me monta à la tête. Dans le coin de la pièce qui lui servait de salon, Sabine était nonchalamment assise sur un amas de coussins, les jambes allongées. Une fenêtre entrouverte nous offrait un peu d'air frais, quelques clameurs d'enfants dans le lointain et des effluves de printemps. Je me sentais bien.

– Alors, il paraît que tu as déménagé ? fit-elle. Basile m'a dit que tu étais maintenant rue des Écoles.

Et moi qui m'apprêtais à lui donner des nouvelles de mon cousin...

– Tu l'as vu récemment ? demandai-je, pris de court.

– Oui, nous sommes allés passer un week-end ensemble en Bourgogne.

Mon air ahuri lui arracha un éclat de rire.

– Mais non, bêta ! Qu'est-ce que tu imagines ? C'était copain-copain, pour fêter un anniversaire chez des amis. Basile n'est pas du genre à faire des escapades amoureuses secrètes. Tu ne le vois tout de même pas en train de tromper Manuela !

Même de Manuela, elle parlait comme d'une connaissance. Cela m'agaça et je préférai changer de sujet :

– Sur quoi travailles-tu en ce moment ?

– Viens voir.

Les reproductions de plusieurs planches de botanique étaient étalées sur une grande table.

– Tu dois connaître cette plante-ci, avec ses feuilles très découpées et ces fleurs en pointe. C'est une *Centaurea Alexandrina*. Elle avait été rapportée d'Égypte par les savants de Bonaparte. Le dessin est d'ailleurs signé Raffeneau-Delile. Regarde un peu la précision du trait.

Elle se pencha pour me la montrer, et je me penchai aussi. Les seins de Sabine étaient bien plus émouvants que toutes les œuvres de ce Raffeneau. D'un petit geste, elle ajusta son débardeur, comme si mon regard l'avait gênée.

Je posai quelques questions distraites sur la plante d'Alexandrie. Il me semblait l'avoir vue dans le village du bord de mer où nous allions passer l'été. C'est ce que je dis en tout cas, et cela lui parut plausible.

Sabine continuait d'observer la *Centaurea Alexandrina*. En lui rendant la loupe qu'elle m'avait passée, je frôlai son bras. Elle eut un tressaillement, puis tourna la tête vers moi. Je la dévorais des yeux. Sans pouvoir me retenir, je pris dans ma main l'arrondi de son épaule.

– Toi alors ! fit-elle sur un ton de reproche.

Mais son regard disait le contraire. Nous nous redressâmes en même temps. Nos visages se touchaient presque.

– Toi alors ! répéta Sabine avec un léger sourire.

J'effleurai ses lèvres du revers de mes doigts. Elle tressaillit de nouveau et ferma les yeux un instant. J'enfouis mon visage dans ses cheveux, m'enivrant des senteurs d'hibiscus ou de menthe sauvage que j'avais si souvent imaginées.

Elle déboutonna lentement ma chemise, très lentement. La fuite du temps n'était plus son souci. Sa main glissait sur ma poitrine, une main si douce... Nos bouches se rejoignirent avec fièvre.

– Viens ! murmura-t-elle en m'entraînant vers l'escalier.

Un grand matelas, posé à même le sol, occupait presque toute la mezzanine. Sabine finit de me déshabiller lentement. Je me laissai faire. J'étais tout entier dans ces mains qui exploraient mon corps et découvraient mes désirs les plus secrets.

Elle abaissa une bretelle de son débardeur, puis l'autre, avant de retirer le mince vêtement. Ses seins bruns, dressés vers moi, appelaient mille caresses. Je les prenais et les reprenais, y posais ma bouche, les frôlais, les aspirais, goûtant leur douceur, leur fermeté et tout le désir qui les faisait s'échapper et se rendre.

– Viens, dit-elle encore.

Sabine somnolait maintenant, un vague sourire aux lèvres. Sa chevelure étalée autour d'elle faisait une tache sombre sur le drap. J'effleurai la cicatrice rose, au bas de son ventre.

– Le souvenir d'une petite opération. J'avais dix-neuf ans…

Un secret que Basile n'était plus seul à connaître.

En la quittant une heure plus tard, je débordais de joie. Jamais les cerisiers ne m'étaient apparus aussi blancs ; jamais les rossignols du parc Montsouris n'avaient chanté aussi distinctement. Je savais pourtant que cette première fois avec Sabine serait la dernière. Sans doute le savait-elle mieux que moi. Elle ne me dit pas « A bientôt », mais simplement « Salut ». Et nous nous embrassâmes sur les deux joues, comme avant.

Avant d'effeuiller la *Centaurea Alexandrina*.

# 36

J'étais gêné vis-à-vis de Basile. Pouvais-je lui cacher cette aventure, fût-elle sans lendemain, alors que nous étions si proches désormais l'un de l'autre ? A la première occasion, je pris mon courage à deux mains :

– Il m'est arrivé un truc bizarre l'autre jour. J'ai rencontré Sabine...

– Ah bon, ça y est ? fit-il d'une voix amusée.

Puis, sans me laisser poursuivre :

– C'est ton affaire, Aristote, et c'est la sienne. Tu n'étais pas obligé de me le dire, tu sais.

Je le remerciai d'un sourire. L'épisode était clos.

Notre amitié se renforçait à mesure que nous échangions de petits services et qu'il me faisait bénéficier de ses informations, de ses conseils ou de ses rencontres.

Il ne me disait jamais : « Puis-je te demander un service ? » La formule lui paraissait ridicule.

– Une demande n'appelle pas d'autorisation préalable.

Cela lui faisait penser à une prise de bec régulière entre ses voisins du dessus, un vieux couple uni pour le pire, qui ne parvenait pas à consommer son divorce.

– Peux-tu descendre la poubelle ? criait la dame.

– Bien sûr que je le peux ! répondait le mari. Mais je n'en ai nullement l'intention.

BB, lui, me glissait de sa voix irrésistible :

– Voudrais-tu me faire un plaisir ?

Je m'empressais de répondre à ses appels, dussé-je manquer un cours ou interrompre un travail. Cela me conduisait parfois à l'autre bout de Paris pour rencontrer des personnes inattendues. Comme ce vieux musicien à la retraite, logé dans une soupente du vingtième arrondissement, à qui je dus remettre en main propre, le jour de son anniversaire, deux bouteilles de veuve cliquot…

Il lui arrivait d'oublier un service que je lui avais fourni.

– Ah bon ? s'étonnait-il. C'est toi qui étais allé porter cette lettre ?

Au début, je m'en vexais. Puis je compris que cet oubli témoignait du chemin parcouru. Moi-même je n'avais plus en mémoire tous ses gestes à mon égard. Pourquoi dit-on que « les bons comptes font les bons amis » ? Entre Basile et moi, il n'y avait pas de comptes. Comme l'affirmait Roger Marinelli de manière un peu grandiloquente :

– On ne doit rien à un ami. Et on lui doit tout.

Qui de nous deux était en dette par rapport à l'autre ? J'avais toujours l'impression de recevoir plus que je ne donnais. Et, pourtant, je donnais de plus en plus. Entre nous, c'était un échange sans fin. Presque un partage.

L'amitié de Basile me flattait, même si je sentais qu'elle ne tenait pas seulement à ma personne. Sans doute étais-je pour lui un lien vivant avec sa famille et son enfance. Il lui arrivait souvent de me poser des questions dont le caractère dérisoire pouvait étonner. Où se trouvaient exactement les plongeoirs de la nouvelle piscine du Sporting Club d'Héliopolis ? Les enfants jouaient-ils toujours aux billes dans la grande allée qui conduisait à la galerie couverte ? Était-il exact que les sièges de jardin du cinéma Normandy avaient été changés ?

A son tour, il évoquait des souvenirs. J'apprenais que dans son enfance on pouvait apercevoir d'Héliopolis les pyramides de Guiza. Que presque toutes les enseignes des magasins du boulevard Abbas étaient rédigées en français.

– En français, tu te rends compte ! Dans un pays

arabe, qui était occupé depuis des décennies par les Anglais...

A Paris, BB m'apprenait les règles de la circulation. Il me mettait en garde contre les sens interdits et les impasses.

– Nous ne sommes pas vraiment considérés comme des étrangers, *habibi*, mais nous ne serons jamais tout à fait perçus comme des Français. C'est peut-être une chance.

Il me reprochait un souci excessif de me fondre dans le décor :

– Fais attention, Aristote : tu deviens trop français. Tu vas finir par ne plus intéresser personne.

## 37

C'est au cours de ce printemps 1965 que nous rencontrâmes Sami Dabbour, le cousin germain de Basile. Ce rapace, maigre comme un couteau, avait quitté l'Égypte quatre ans plus tôt pour s'installer au Canada, où il avait assis sa réputation sur le rachat de sociétés en difficulté. Nul ne l'égalait dans l'art de flairer les faillites. Ayant acquis à bon prix une entreprise malade, il commençait par en vendre les stocks et une partie des biens immobiliers, puis la déclarait en cessation de paiement. Après avoir racheté les créances à moitié prix par le biais d'une société écran, il réduisait les effectifs, en exploitant le redressement judiciaire. L'entreprise, provisoirement remise à flot par ces acrobaties, était alors revendue avec un bénéfice appréciable.

Pour s'enrichir, Sami Dabbour aurait tué père et mère. Il avait d'ailleurs un peu tué cette dernière en la contraignant à vendre la villa d'Alexandrie, où elle avait passé son enfance, pour y faire construire un immeuble de vingt étages. La pauvre femme changea du jour au lendemain. On lui donnait vingt ans de plus.

– Un par étage, commentait acidement un membre de la famille.

Au Canada, Sami entendait parler de plus en plus souvent du réseau de relations et de l'influence de BB. Son voyage à Paris était destiné à étudier la chose de près, dans la perspective d'une implantation en Europe.

– Ça fait une éternité qu'on ne s'est vus ! lança-t-il à son cousin, qu'il avait invité à déjeuner dans un salon particulier de l'hôtel Crillon. Nous avons fait du chemin depuis, l'un et l'autre.

Basile évita de répondre. Ce déjeuner l'assommait.

– Accompagne-moi, m'avait-il dit. Ça m'évitera un tête-à-tête. D'ailleurs, un étudiant en économie devrait s'intéresser aux cuisines. Même si elles sont malodorantes.

– Ton cousin n'appréciera peut-être pas.

– Pourquoi donc ? fit-il avec malice. Les cousins de nos cousins sont nos cousins.

Comme je l'avais prévu, Sami Dabbour fut mécontent de ma présence. A peine daigna-t-il me regarder. Dès l'apéritif, il bombardait Basile de questions.

– Raconte-moi ta boîte.

– Ce n'est pas une boîte. A peine un couvercle, dit BB pour plaisanter.

L'autre comprit « couverture » et dressa l'oreille. Mais la suite le dérouta. A quoi rimait cette entreprise dont tous les bénéfices étaient systématiquement réinvestis ? Il crut d'abord que Basile se moquait de lui.

– Ne me raconte pas d'histoires ! Non seulement, tu ne demandes pas d'argent, mais tu en perds ? Tout ce temps dépensé...

– Pourquoi, dépensé ? demanda BB.

– Tu donnes de ton temps, voyons !

– On ne donne jamais du temps. On donne de l'attention, des conseils, des informations, de l'amitié, que sais-je ? Le temps n'appartient à personne. C'est un instrument de mesure.

Sami, qui ne comprenait rien à cette objection, passait déjà à autre chose :

– Je me demande, Baby, si tu gères bien ton carnet d'adresses. Tous ces gens qui ont une ardoise chez toi, c'est de l'or en barres. Avec un capital social comme le tien, il y aurait de quoi faire, parole d'honneur !

Un an et demi plus tôt, avant de connaître Basile, j'aurais certainement trouvé du bon sens aux remarques de Sami Dabbour. Il m'arrivait encore de m'interroger sur le système BB quand je voyais mon cousin harcelé par une foule de quémandeurs. Mais, ici, entre le requin qui se trouvait à ma gauche, et l'homme de *mazag* qui m'inspirait tant d'admiration, la question ne se posait même pas.

Les réponses un peu lasses de Basile persuadèrent peu à peu Sami Dabbour qu'il avait affaire à un inconscient, incapable de mesurer la fortune potentielle qui était entre ses mains. Il se fit pédagogue, presque paternel :

– Écoute-moi bien, Bébé. Tu as un énorme capital. Ton capital, c'est la totalité des débits de tes obligés. Calcule un peu ! Je comprends qu'au départ tu aies rendu des services gratuits pour constituer ce capital, mais, aujourd'hui, c'est péché, *haram*, de ne pas le faire fructifier. C'est même immoral, si tu veux mon avis.

On ne lui demandait pas son avis. Et l'entendre parler de moralité faisait sourire. Mais il continuait, sur le même ton :

– Il faut être souple, *ya Baba* ! L'important, c'est ce qui rentre dans la caisse. Ça peut rentrer tout de suite si tu fais payer un service sur-le-champ. Mais ça peut être aussi un investissement, un prêt, si tu veux, étant entendu qu'il n'y a pas de prêt honnête sans intérêt. J'insiste sur l'honnêteté.

Le sourire de Basile lui échappa. Mordant nerveusement dans son tournedos, mangeant trop vite, Sami répondait à ses propres questions :

– Pourquoi un prêt ? Mais parce que tu fournis un service, qui a une valeur X. Si le client ne veut pas payer tout de suite, s'il te prive de cette somme, il te doit un dédommagement : X + Y. A toi de fixer l'intérêt. Des accommodements sont possibles, en fonction de la durée. Nous devons rester souples.

Il disait « nous » maintenant, comme s'il était le cogérant de l'affaire :

– Nous devons fournir des services avec discernement : à ceux qui pourraient nous témoigner de la reconnaissance. Faire de bons placements, chercher le meilleur rendement...

Par la fenêtre, Basile regardait les autos tourner autour de l'obélisque de la Concorde. Il se souvenait avec amusement de l'une des premières questions de maître Plessis-Pontel qui venait de l'embaucher : cette aiguille de pierre était-elle exactement de la même taille que sa sœur jumelle, toujours dressée à l'entrée du temple de Louxor ? BB, qui n'avait jamais vu le temple de Louxor, dut faire des recherches à la Bibliothèque nationale pour pouvoir répondre à la question.

On apporta le dessert. Je tentai d'échanger quelques mots avec Sami, me prévalant de mon titre d'étudiant en sciences économiques que Basile avait cité au moment des présentations. En deux formules lapidaires, le pirate m'expliqua que je perdrais moins mon temps en vendant des frites sur la voie publique : lui, il n'avait même pas eu besoin du baccalauréat, ni même du brevet, pour faire fortune. Et, se tournant vers Basile, il reprit son exposé :

– Oui, nous devons nous montrer souples. Mais,

attention, souplesse n'est pas laxisme ! Un prêt suppose une reconnaissance de dettes, il doit être assorti de garanties. Je commencerai par m'assurer de la solvabilité du client.

Basile goûtait lentement la charlotte aux poires, le nez dans son assiette. De temps en temps, il m'adressait un regard accablé.

– Un accident est toujours possible, poursuivait Sami. Malgré toutes les précautions prises au départ, il arrive qu'un client ne puisse rembourser. Mais il y a, Dieu merci, des moyens de se prémunir contre une défaillance. Et la mise en demeure n'a pas été inventée pour les chiens ! Nous ne devons pas transiger sur ce point.

Pendant le café, il se lança dans une longue démonstration, où il était question de dettes caduques et de dettes flottantes, de dettes viagères, consolidées, perpétuelles...

S'apercevant que son cousin le considérait avec ironie, il s'arrêta brusquement et prit un autre ton :

– Tu veux que je te dise, Baby ? Tu casses le métier ! D'ailleurs, tu pourrais être dénoncé.

– Dénoncé pour quoi ?

– Pour exercice illégal ou concurrence déloyale.

– Ah bon ? Et par qui ?

– Mais par n'importe qui ! Les agents immobiliers, par exemple. Qu'est-ce que tu crois ? On n'a pas le droit de travailler sans être déclaré.

– Sous quelle rubrique devrais-je me déclarer? demanda BB, prenant de court ce spécialiste des combines.

– Je ne sais pas, moi... Ça s'étudie... Nous verrons. L'important est d'organiser l'affaire sur des bases saines. La rentabiliser. D'ailleurs, tout n'a pas besoin d'être déclaré. L'essentiel peut se faire en liquide, de la main à la main. Tout ça, c'est de la cuisine. L'important est la volonté. Tu es un homme puissant. Les portes s'ouvrent devant toi, mais tu restes sur le seuil. Laisse-moi faire. En six mois, parole d'honneur, tu roules sur l'or!

BB prit le temps d'allumer un cigare. Puis, il lâcha lentement, d'une voix douce :

– Ça ne m'intéresse pas.

Un éclair de colère traversa le visage de Sami. D'un geste rageur, il fit claquer son briquet en argent.

– Je te croyais intelligent, Baby.

– Tu vois : même toi, tu peux te tromper.

Sami Dabbour repartit pour Montréal le soir même, consterné.

– Ce type-là, déclara-t-il, est un enfant. Il joue au Père Noël toute l'année.

# 38

A première vue, Basile n'avait rien d'un Oriental. Il était même le contraire de tous ces beaux parleurs, approximatifs et vantards, qui avaient égayé notre enfance. Dieu sait pourtant s'il aurait pu mettre en vitrine ses relations et ses exploits ! En avait-il besoin ? La reconnaissance sociale qu'il obtenait par le bouche à oreille était dix fois plus efficace, et dix fois plus gratifiante. Elle le comblait bien davantage que ne l'aurait fait une notoriété publique.

BB prenait plaisir à désorienter ses visiteurs du Proche-Orient en les recevant au quatrième étage de la rue Raymond-Losserand.

– Ça les désorientalise, commentait-il, assez content de son jeu de mots.

Dans les années 30, au Caire, son grand-père, Ferdinand Batrakani, était le principal donateur de notre Église. Son nom figurait toujours en tête du palmarès de bienfaisance publié par le bulletin du patriarcat.

– Vous avez un cœur d'or, lui disait-on.

Il en était doublement flatté, n'ayant jamais lu les lignes féroces de Léon Bloy sur ces cœurs rutilants de bourgeois, durs comme du métal, creux à l'intérieur et parfaitement insensibles.

Ferdinand Batrakani donnait avec fracas. C'était un exhibitionniste, dont la générosité ostentatoire sévissait tout autant en famille. Ses cadeaux disproportionnés étaient aussi écrasants que sa personne. On racontait qu'à l'occasion du mariage de l'une de ses nièces il avait éclipsé tous les autres présents de la noce en offrant au jeune couple un cabriolet rouge sang.

– Avec Nando, il est impossible de rendre ! gémissaient les victimes de sa magnificence.

Chaque cadeau l'éloignait un peu plus de ses obligés, créant un gouffre entre eux et lui. Sa mort les soulagea davantage qu'elle ne consola ses débiteurs.

Était-ce un hasard si le système BB reposait sur l'échange ? Basile semblait avoir pris en toutes choses le contre-pied de son grand-père. Alors que la fortune de Ferdinand Batrakani avait pour origine le prêt usuraire, lui prêtait sans intérêt. Étaient-ce même des prêts ? Il ne concevait le crédit que dans le sens premier de ce mot : faire confiance à quelqu'un. Le veau d'or avait dominé toute la vie de Nando. A Paris, son petit-fils s'était offert un monde sans argent.

Basile avait manqué de modèles en Égypte. Sa

personnalité s'était forgée plutôt par opposition à certaines personnes : Mazloum bey, sans doute ; Ferdinand Batrakani, certainement ; mais plus encore peut-être le drogman...

– Qui est ce phénomène ? demanda Manuela en voyant le portrait pour la première fois.

– C'est mon arrière-grand-père maternel, Nadim Hajjar.

– Il était acteur ?

– D'une certaine façon, répondit Basile en riant. Pas sur scène : c'était sa tenue de travail quotidienne.

Grand, de belle prestance, Nadim Hajjar avait exercé la profession de drogman entre 1880 et 1907. L'Égypte comptait alors quelques dizaines de ces intermédiaires polyglottes, levantins pour la plupart, qui faisaient le lien entre les Européens et la population locale.

Sur le portrait, l'ancêtre arborait une grande moustache tombante. Son costume oriental était flanqué d'un sabre recourbé. La photo un peu jaunie portait la signature du studio Touta. Peut-être avait-elle été réalisée par la grande Doris Touta en personne.

– Le mot « drogman » est étrange, remarqua Manuela. Il fait penser à un chien de garde. Dogman, doberman...

– Rien à voir ! expliqua Basile. Drogman vient de l'arabe *torgomane*, qui veut dire interprète.

Nadim Hajjar était donc polyglotte. Disons qu'il se

débrouillait en français, connaissait quelques expressions anglaises et jurait en italien mieux qu'un charretier de Civitavecchia.

Il y avait en réalité drogmans et drogmans. Ceux qui exerçaient cette charge dans les consulats étaient de véritables agents diplomatiques, des seigneurs, formés en Europe, dont les attributions allaient bien au-delà de l'interprétariat.

– Mon arrière-grand-père, précisa BB, n'était qu'un drogman indépendant, au service de la clientèle des grands hôtels du Caire. Des touristes européens faisaient appel à lui pour remonter le Nil en *dahabieh*. S'engageant à les transporter du Caire à Assouan aller et retour – ce qui demandait plusieurs semaines –, il prenait en charge les frais du bateau, de la nourriture, des ânes et des âniers. Un contrat extrêmement détaillé, signé au consulat, le liait à la demi-douzaine de voyageurs qu'il escortait. Chaque passager devait disposer d'un bon lit à moustiquaire, de draps propres tous les dimanches, d'une nappe blanche tous les deux jours et de trois repas quotidiens, dont un déjeuner « à la fourchette », avec trois services. Au drogman de faire en sorte que le pont soit lavé chaque matin et qu'un fanal reste allumé toute la nuit.

– Quel métier de chien ! Qu'est-ce que je te disais...

– Ce n'est pas tout. Le drogman était responsable de la cuisson du pain comme de la discipline à bord et des avaries que pouvait subir le bateau. Pendant le sommeil de ses clients, il devait empêcher l'équipage de chanter. Si les voyageurs étaient libres de faire escale où bon leur semblait, lui n'avait pas intérêt à hâter la navigation pour réduire les frais du voyage : ses employeurs, qui le traitaient en domestique, risquaient de ne pas payer le solde convenu ou de lui refuser un certificat de bonne conduite, indispensable pour gagner d'autres clients.

Nadim Hajjar ne connaissait rien à la civilisation pharaonique, dont il se moquait d'ailleurs éperdument. Cela ne l'empêchait pas d'avoir réponse à tout. Lors des visites de temples, aucune inscription hiéroglyphique ne lui résistait. Ses explications audacieuses sur la vie amoureuse des anciens Égyptiens impressionnaient ses auditeurs. Mais le soir, sur le bateau, il se faisait vertement rappeler à l'ordre par les mêmes, qui venaient de consulter leur guide Baedeker.

Au Caire, Nadim promenait sa clientèle dans les souks. De la main gauche, il encaissait un bakchich des Européens et, de la droite, une commission des commerçants. Méprisé par les uns, détesté par les autres, il essuyait les jets de pierre d'enfants aux pieds nus qui le traitaient de *frangui* ou de *khawaga*, avant de s'enfuir dans un nuage de poussière.

Nadim Hajjar était de nulle part. Plutôt qu'un pont entre deux mondes, il évoquait un mur solitaire, souillé de graffitis sur ses deux faces.

– Dans l'Empire ottoman, expliqua Basile, nos ancêtres étaient écartés des principales charges publiques. Ils ne pouvaient être que des hommes de l'ombre ou des intermédiaires. Leur connaissance des langues, le fait d'avoir un pied dans chaque culture, les rendaient indispensables.

Intermédiaire, en Orient, c'était dans l'ordre des choses. Mais en France ? Appartenait-il à un immigré, comme BB, d'être un intermédiaire entre des Européens ? Je n'étais pas le seul à me poser la question. Plus d'une fois, il avait subi l'hostilité de ceux qui s'étonnaient de son pouvoir. Il passait outre, persuadé de sa véritable appartenance.

– Notre patrie, Aristote, c'est la langue française. Je ne sais pas si je pourrais mourir pour elle, mais je suis patriote.

En témoignait cette manière gourmande qu'il avait de parler. « Avec un P comme péripatéticienne. »

Basile pensait en français. Il connaissait depuis l'enfance toutes les subtilités de la langue de Molière. Mieux : il l'aimait, et cet amour avait favorisé son intégration éclair à Paris. L'accent chantant, les *r* délicieusement roulés et quelques expressions savoureuses venues tout droit de la terrasse de *Groppi* au Caire donnaient encore plus de force à sa présence. Ce déraciné apportait un peu de terre à ses semelles, imposant son style, son humour, sa chaleur.

– J'ai mesuré, plaisantait Roger Marinelli. En sa présence, le thermomètre monte de plusieurs degrés.

A Paris, Basile l'Oriental servait d'interprète entre des personnes qui parlaient pourtant la même langue. En bon professionnel, il ne traduisait pas mot à mot et savait arrondir les expressions qui faisaient mal. C'était un homme-passerelle, un trait d'union.

Contrairement à son ancêtre Nadim Hajjar, il n'avait pas besoin d'un costume et d'un sabre d'opérette. Il n'était employé par personne, lié par aucun contrat. Plus libre et bien plus puissant que le drogman du consulat général de France lui-même, il interprétait dans l'ombre sa propre partition. Le *mazag*.

Pas oriental, Basile ? Je pense au contraire que nul n'aura poussé plus loin « le génie de la race », comme disaient nos ancêtres. Avec lui, le drogmanat acquérait ses lettres de noblesse ; il s'affinait et se sublimait.

Le vrai drogman, c'était BB.

# 39

Pour son anniversaire – il avait quarante et un ans –, Manuela offrit à Basile une montre automatique. Elle s'attira un baiser de pure forme, qui la vexa. Ce soir-là, mon cousin rangea l'objet dans un tiroir et continua à porter au poignet sa vieille Jaeger-Lecoultre.

Manuela avait eu tort de choisir une montre, comme je le comprendrais un peu plus tard. Mais d'une manière générale, BB n'aimait guère recevoir des objets. Ni en offrir, d'ailleurs : il trouvait plus élégant, en tout cas plus amusant, de rendre un service inattendu.

– Allô, ici Basile Batrakani. Figurez-vous que j'ai trouvé par hasard, chez un bouquiniste de Boulogne, le livre que vous cherchiez... Non, non, ne vous inquiétez pas, personne ne l'achètera. Le marchand vous l'a mis de côté... Je vous en prie, c'est un plaisir.

Il était un autre plaisir, plus subtil, qui ne manquait pas d'ambiguïté : BB rendait aussi des services non déclarés. Un commerçant de Montmartre en difficulté n'a jamais compris pourquoi son banquier, inflexible jusque-là, s'était brusquement montré plus souple autour de Noël 1964...

Ayant surpris Basile en train de commettre ce service clandestin, Manuela l'entendit lui répondre :

– Chaque jour, un père ou une mère rendent des services à leur enfant sans éprouver le besoin de le lui dire.

– Tu n'es ni père ni mère ! répliqua-t-elle avec vivacité.

Après une seconde de réflexion, il l'approuva d'un hochement de tête :

– C'est vrai. D'ailleurs, je n'abuse pas de ces plaisirs solitaires. Il ne faut y recourir qu'en cas de nécessité.

Était-il vraiment solitaire, ce petit plaisir ? Mon cousin avait eu une longue conversation avec le banquier, qui y trouvait probablement son compte. C'était un arrangement à deux. Seul, Basile ne faisait rien. Il lui fallait au moins le regard d'un autre.

« Tu n'es ni père ni mère »... Manuela touchait un point sensible. Certes, Basile n'avait aucune intention de se marier et d'avoir des enfants. La famille n'était pas son rayon. Quel plaisir pourtant ne prenait-il pas à passer de longues heures chez Jean et Jeanne, à se mêler à leur vie, rire avec les enfants ! Alors que j'étouffais dans cet univers domestique, au milieu des leçons récitées et des jouets éparpillés sur le tapis, il semblait s'y plonger avec délices.

Il aimait le grand désordre des relations familiales, ce défi tranquille à toutes les lois du marché. Pas de donnant-donnant, pas de comptabilité dans les échanges : j'ai reçu de mon père ; je donne spontanément à mon fils ; et mon fils m'aide d'autant plus qu'il me sait gré d'avoir aidé son grand-père, qu'il adore...

L'imbrication des liens familiaux l'enchantait. Moi qui, à cette époque, n'avais que le mot « indépendance » à la bouche, je l'entendais avec stupeur faire l'éloge de la dépendance :

– Il n'y a rien de plus beau, monsieur le Philosophe, que de dépendre de quelqu'un, qui dépend lui-même de toi.

Attiré par la chaleur familiale, Basile n'en était pas moins rebuté par le revers de la médaille :

– Pourquoi les gens sont-ils si patients, si généreux avec leurs propres enfants et si agacés, si indifférents, si injustes avec ceux des autres ?

BB n'avait pas à proprement parler de « proches ». Ses parents étaient décédés, tandis que ses deux sœurs, plus âgées que lui, vivaient confortablement avec leur époux respectif, l'une à Beyrouth, l'autre à Montréal. Les liens du sang lui échappaient : il ne connaissait que les liens du cœur.

Dans ces années-là, on parlait beaucoup des « petits Chinois », qui symbolisaient l'humanité souffrante. Je n'ai jamais entendu Basile s'apitoyer sur « les deux hommes sur trois qui ont faim ». Il ne pouvait s'intéresser qu'à de petits Chinois en chair et en os, à portée de sa main.

Ni proches, ni lointains : son univers était entre les deux. « Les gens », comme il disait. « Notre prochain », comme les appelait pompeusement M. El Farès.

– Pourquoi « notre prochain » ? s'interrogeait BB. Les bons Pères avaient dû nous l'expliquer au Caire, mais j'ai oublié. Je n'ai d'ailleurs jamais compris ce que signifie : « Tu aimeras ton prochain comme toi-même. » Remarque, si ça veut dire qu'il faut commencer par s'aimer soi-même, ce n'est pas si bête.

Il n'était pas du genre à se réjouir du malheur des gens. Cent fois, en revanche, je l'ai vu se féliciter du succès d'autres personnes, sans aucune hypocrisie ou affectation : comme s'il trouvait un intérêt personnel à leur réussite.

– Marinelli et Le Boullec viennent d'être désignés « entrepreneurs de l'année ». N'est-ce pas formidable ? nous lança-t-il un soir à Montparnasse, la mine radieuse, brandissant un magazine économique.

– Formidable pour eux, remarqua Manuela. Quel est ton intérêt dans cette affaire ?

– Nous jouons dans le même orchestre, répondit-il avec une pointe de malice.

Basile considérait chaque réussite autour de lui comme un renforcement de son réseau. Dans le cas d'Autres Terres, c'était évident : le développement de l'agence de voyages permettait d'embaucher plus de candidats de la rue Raymond-Losserand. Mais pouvait-on réduire sa réaction à un simple intérêt ? Il s'était mis dans une situation où l'envie et la jalousie ne l'atteignaient pas. N'ayant aucun plan de carrière, n'étant en concurrence avec personne, ayant choisi de rester dans l'ombre et y trouvant son plaisir, il pouvait se réjouir en toute sérénité de voir d'autres briller au soleil.

Nous nous trouvions dans un bistrot de Montparnasse, autour d'une montagne de moules. La conversation avait glissé sur les services, et BB avait dit quelque chose comme :

– Je ne vise pas le plaisir. Le plaisir est là, qui accompagne ce que je fais.

J'objectai :

– Mais, Basile, tu m'as dit toi-même un jour que tu rendais service par intérêt.

– Oui, c'est vrai : les gens m'intéressent, souligna-t-il avec un regard amusé en portant une chope de bière à ses lèvres.

Et, au bout de quelques instants :

– Il y a mille façons de rendre service, monsieur le Philosophe. Parfois, on se rend service à soi-même. Un self-service...

Avait-il besoin de séduire, d'être aimé ? De réparer quelque chose ? Je n'en finissais pas de démêler la psychologie de mon cousin.

Il y avait chez Basile un côté Robin des Bois qui le conduisait à relever des défis et à réparer des injustices. On sentait chez lui une volonté de briser un système trop rationnel et de repousser les frontières du possible. Une fantaisie, une manière de réaliser des rêves d'enfant. Avec une baguette magique et un tapis volant.

# 40

Qui l'avait envoyée ? BB ne se souvenait plus par quels détours cette Yvette Berthonnière était arrivée rue Raymond-Losserand. Une femme d'une trentaine d'années, d'un physique plutôt agréable. Le visage sans fard, elle avait un regard profond, dévorant.

Contrairement à d'autres visiteurs, qui tournaient autour du pot pendant un quart d'heure avant de formuler leur demande, Yvette Berthonnière était allée droit au but : elle avait la vocation, voulait devenir religieuse, mais les portes se fermaient devant elle. Après les dominicaines et les Sœurs de Nazareth, c'étaient les Dames de Sion qui venaient de lui opposer un refus, sans véritable raison.

– Je viens vous voir en désespoir de cause, dit-elle. On m'a dit que vous avez beaucoup d'influence.

BB avoua son embarras. Certes, il connaissait quelques responsables de congrégations religieuses, mais ces choses-là ne se réglaient pas par recommandation. Chaque ordre choisissait ses critères d'admission.

– Peut-être, dit-il en réfléchissant à haute voix, pourrais-je vous mettre en rapport avec les Auxiliatrices du Saint-Esprit. C'est une congrégation assez ouverte.

– Non, répondit la visiteuse. Elles me traiteront comme les autres. Il faut viser plus haut.

– Vous voulez dire la conférence épiscopale ? demanda Basile, sceptique.

– Non, plus haut.

Il eut du mal à retenir un sourire.

– Le pape, alors ?

Yvette Berthonnière le transperça du regard. Après quelques secondes de silence, elle lâcha d'une voix blanche :

– Plus haut.

Le sourire de BB se figea.

– Attendez, fit-il, je...

Elle l'interrompit d'un hochement de tête :

– Oui, Lui seul peut me permettre d'être à Son service.

Jouant avec son crayon, Basile essayait de réfléchir. Depuis douze ans, il en avait vu de tous les genres. Certains le prenaient pour une agence matrimoniale, d'autres pour un astrologue ou un devin. Il s'était même trouvé un général d'artillerie pour lui demander d'intervenir discrètement auprès du ministre de la Défense à propos de la vente controversée d'un terrain militaire dans la région de Melun. Intervenir auprès de son propre ministre ! Et Basile avait sauvé le terrain... Oui, il en avait entendu, des demandes bizarres, mais jamais personne ne l'avait prié d'intercéder auprès de Dieu !

Il fit semblant de ne pas comprendre :

– Je ne vois pas très bien ce que vous attendez de moi.

– C'est simple, pourtant. On dit que personne ne vous résiste. Et, depuis que je suis entrée dans cette pièce, je sens moi-même une étrange chaleur m'envahir.

Elle prit un ton implorant :

– Je vous en supplie. Adressez-vous au Seigneur. Parlez-Lui de moi !

Elle se leva, dénoua lentement deux boutons de sa robe, qu'elle laissa glisser sur ses hanches. Elle était nue ! La porte-fenêtre, derrière elle, faisait un halo autour de sa silhouette.

Basile, pétrifié, regardait ce corps de madone, ces seins parfaits, ces hanches un peu lourdes, ce pubis très noir... Au bord de l'extase, la servante du Seigneur avait l'air de dire : « Prenez-moi, je suis à Lui. »

Il réfléchit quelques secondes, en pensant aux deux ou trois personnes qui étaient dans la salle d'attente. Pour rejoindre Dieu, cette folle aurait couché avec le Diable. Lui demander de se rhabiller pouvait la conduire à une crise d'hystérie. Il fallait lui parler doucement, avec des mots choisis... Une phrase de l'Évangile lui revint brusquement en mémoire :

– Ce n'est ni le jour ni l'heure, lança-t-il, sans trop savoir pourquoi.

Yvette Berthonnière eut un moment d'hésitation. Puis elle acquiesça, d'un air grave.

– Sans doute avez-vous un conseiller spirituel ? murmura Basile, qui avait détourné les yeux tandis qu'elle se rhabillait.

Elle donna le nom d'un prêtre de la paroisse Saint-Médard, dans le cinquième arrondissement.

– Je vais l'appeler, dit-il, en la raccompagnant doucement vers la sortie. Je vais en parler avec lui. Je vous donnerai des nouvelles.

Quand mon cousin nous raconta la scène, je pleurai de rire. Roger Marinelli faisait mine d'être jaloux :

– Un corps parfait, dis-tu ? Évidemment, je comprends que tu veuilles suivre l'affaire. Mais à Saint-Médard, ils n'accepteront peut-être pas de te céder le dossier...

Basile se forçait à sourire, en jouant avec sa montre. Cette aventure le laissait pensif.

Dans les semaines qui suivirent, je le sentis, pour la première fois, angoissé. Il y avait dans son regard de la crainte, et même de l'effroi. La manière dont certains considéraient sa puissance lui donnait le vertige. Prenait-il soudainement conscience d'une spirale sans fin, d'une absence de limites ?

# 41

Au début de 1965, le réseau avait pris des proportions impressionnantes. BB était passé peu à peu à une autre échelle : l'artisanat des débuts laissait place à une activité considérable, quasi industrielle. On l'appelait parfois de très loin pour les raisons les plus diverses : une paroisse rurale du Togo sollicitait des livres ; une fondation américaine voulait financer des travaux produits par des handicapés mentaux ; un homme d'affaires en panne à l'aéroport de Sydney avait urgemment besoin d'une place sur un vol d'Air France... Sans compter la routine : devant se rendre à Rotterdam pour un colloque d'océanographie, Pierre Lesage s'apercevait au dernier moment qu'il lui manquait un gardien pour son appartement. M. Zimmerbach, lui, pleurnichait au téléphone, réclamant pour la centième fois de rembourser sa dette...

Le bouche à oreille fonctionnait à plein : plus Basile se montrait efficace, plus on faisait appel à lui. Désormais, ses permanences rue Raymond-Losserand se prolongeaient jusqu'à huit ou neuf heures du soir. Il finissait de régler certaines affaires chez lui, où le téléphone n'arrêtait pas de sonner pendant le week-end.

En février, une angine le mit mal en point. Il la soigna sur pied, en se bourrant de cachets.

Manuela et moi observions ce tourbillon avec un peu d'inquiétude. La toile que BB avait tissée, et qui s'enrichissait chaque jour de nouveaux fils, semblait l'emprisonner. Il me rappelait l'un des livres illustrés de mon enfance, où l'on voyait Gulliver cloué au sol par une infinité de petits liens tendus par les Lilliputiens.

A partir de quel moment les liens sociaux devenaient-ils des entraves ? BB avait-il franchi une limite, un seuil ? Il commençait lui-même à sentir le poids de son immense réseau. Gêné l'après-midi par des appels trop nombreux qui perturbaient ses entretiens, il était contraint de donner des rendez-vous dans un café, comme une douzaine d'années plus tôt.

Un soir, il nous rejoignit de méchante humeur. Il revenait en taxi de la rive droite. Pressé, distrait, il était entré dans le véhicule en lançant « Bonsoir, monsieur ». Pour s'attirer un « Bonsoir, madame » prononcé d'une voix aigre. La femme au volant avait une allure assez masculine, mais cela n'excusait nullement le manque d'attention du passager. Il ne sut comment réagir, craignant d'aggraver les dégâts par des excuses. Il fit celui qui n'avait pas entendu. Pendant tout le trajet, tassé sur son siège, il observa le silence, furieux contre lui-même. La dame conduisait vite, trop vite, comme pour se venger. A l'arrivée, elle accepta son argent du bout des lèvres, malgré un généreux pourboire. Il la remercia aussi chaleureusement que possible, mais le ton n'y était pas.

– Ne t'inquiète pas, dit Manuela. Elle s'en remettra. Ces dames ont la peau dure. Toi, en revanche, tu tombes de fatigue. C'est ta deuxième angine en quelques semaines. Fais attention, Basile, tu vas finir par avoir des ennuis.

Durant le dîner, nous réussîmes à le persuader qu'il avait besoin d'aide. Une discussion un peu confuse s'engagea sur le fonctionnement de la rue Raymond-Losserand. Manuela vanta les mérites des répondeurs téléphoniques, qui avaient fait leur entrée dans certaines entreprises. Même le Conservatoire venait d'en acquérir.

Il fut finalement convenu que nous remplacerions Basile à tour de rôle, deux après-midi par semaine, pour assurer une permanence.

Cette organisation se mit en place au début du printemps. Mon cousin nous présenta ses répertoires. Il y en avait huit au total, ouverts au fil des années. Tous du même modèle, avec des onglets alphabétiques et une reliure de cuir surpiqué. Ils se distinguaient par leur couleur : noir pour le premier, vert pour le deuxième, havane pour le troisième... Mais leur usure relative permettait presque de les classer chronologiquement.

Dans le plus ancien, le premier nom, à la lettre D, était celui d'Edmond Dormigneux, 11, place Vendôme. Son neveu, Jean-Pierre Dormigneux, neurologue, figurait au milieu de cette même page, avec une adresse barrée, et une nouvelle, boulevard Malesherbes.

D'un répertoire à l'autre, on pouvait mesurer l'extension du réseau de BB. Si le premier volume ne comptait quasiment que des adresses parisiennes, avec beaucoup de noms orientaux, les suivants s'élargissaient de plus en plus à la province et à d'autres pays.

Aucune indication sur les services rendus ou reçus.

– Ce sont des répertoires, pas des livres de comptes, grommela-t-il.

D'innombrables cartes de visite – il devait bien y en avoir plusieurs milliers – étaient entassées dans des boîtes à chaussures, sur une étagère. Visiblement, Basile ne s'en servait pas. Les conservait-il par simple respect pour ses interlocuteurs ?

Un autre que lui aurait fait des dossiers, des fichiers. Mais c'était tellement étranger à sa démarche ! Il se contentait des huit répertoires, en s'appuyant surtout sur sa prodigieuse mémoire.

Dès la première semaine, notre système apparut comme un échec complet : les personnes qui appelaient ne voulaient parler qu'à Basile Batrakani.

– C'est personnel, disaient-elles, refusant parfois de laisser leur nom.

Nous ne pouvions que transmettre des messages à BB, n'étant capables de répondre ni aux offres ni aux demandes. Ses répertoires alphabétiques ne nous étaient d'aucun secours. Lui seul savait à qui s'adresser, en se souvenant d'un service rendu quelques mois ou quelques années plus tôt. Pour aider A ou B, nul autre n'était en mesure de faire appel à X, Y ou Z. Tous les fils passaient par lui. Et, sans lui, rien n'existait. Paradoxalement, cet ennemi de la solitude avait tissé une toile au centre de laquelle il était seul.

Manuela, désœuvrée, prit l'habitude d'apporter sa flûte. Elle jouait dans la salle d'attente, tandis que je feuilletais les répertoires ou fouillais dans les boîtes à chaussures, sans but précis.

Un après-midi, attiré par une musique inconnue, je la rejoignis dans la salle d'attente. Debout, concentrée sur sa flûte, elle m'émut aux larmes. J'eus une folle envie de la serrer dans mes bras. Elle s'aperçut de ma présence et me regarda en coin, tout en jouant. S'était-elle rendu compte de mon émoi ?

Je pensai soudain à Basile. Sans un mot, je regagnai le bureau, la gorge nouée. Dans l'autre pièce, la flûte de Manuela continuait à chanter.

En mai, des amis proposèrent à BB de les rejoindre dans leur villa de Bonifacio, en Corse. Nous l'encourageâmes vivement à accepter cette invitation. Quant à la rue Raymond-Losserand, nous cesserions d'y aller, puisque cela ne servait pas à grand-chose. Tant pis pour le téléphone, qui sonnerait dans le vide.

Il revint de Corse douze jours plus tard, reposé et détendu, avec l'intention de se ménager. Et, pour bien le souligner, nous emmena un lundi à Fontainebleau, à bord d'une décapotable, prêtée par un ami garagiste. Ce fut une parenthèse joyeuse. Nous courions entre les rochers comme des enfants. Manuela nous gratifia d'un allegro de Mozart au pied d'un chêne centenaire.

Au bout d'un mois cependant, le rythme infernal avait repris. Basile, qui avait attrapé une nouvelle angine et souffrait de douleurs dans les articulations, ne pouvait se dérober aux sollicitations de ses innombrables interlocuteurs. Il n'en avait d'ailleurs nullement envie.

– C'est un plaisir, répétait-il.

Mais cela ressemblait de plus en plus à un devoir. Il était tendu, s'énervait pour un rien. Un haut fonctionnaire des impôts, qui eut le malheur de s'excuser au téléphone de ne pouvoir réexaminer un dossier, s'attira une violente colère. Quant à Ernest Zimmerbach, il eut droit pour la première fois à une tempête :

– Vous m'emmerdez à la fin avec vos offres ! Je ne veux plus rien. Plus rien, vous entendez ? Pas même un lacet. Vos gémissements m'épuisent. Cessez donc de vous torturer. Sortez de votre magasin. Faites la fête, bon Dieu ! Vous êtes triste comme un bonnet de nuit...

Rue Raymond-Losserand, la salle d'attente était pleine de monde. Il n'y avait pas assez de sièges pour les personnes qui avaient rendez-vous et qui se chamaillaient parfois pour passer les premières. Dans l'escalier, c'étaient des allées et venues incessantes. Le chien du troisième n'arrêtait pas d'aboyer et des voisins commençaient à se plaindre.

Pour couronner le tout, Basile fut appelé un soir, peu avant minuit, du commissariat du vingtième arrondissement. Luco venait d'y être emmené, menottes aux poignets, après une bagarre avec des policiers. Mon cousin, qui s'apprêtait à se coucher, se rhabilla et sauta dans un taxi, après avoir téléphoné à une vieille connaissance du Quai des Orfèvres.

– Tu méritais de rester au trou, dit-il à Luco sur le chemin du retour. Ne me fais plus ça. Plus jamais, tu entends ?

BB était fatigué. Sa mémoire lui jouait des tours. Il ne se souvenait plus de numéros de téléphone usuels et devait les chercher dans ses répertoires. Jamais, précédemment, il n'aurait confondu une boulangère de Neuilly, venue le voir à deux ou trois reprises, avec la belle-sœur de Jean Aurenge, croisée dans la rue. Il en était très affecté.

Je le voyais désormais sous un autre jour : comme un homme qui s'était enivré de contacts, un boulimique, toujours disponible, toujours sur le pont. Avait-il fui quelque chose ? Dans ses rêves, il se surprenait maintenant au milieu de ces aboyeurs de Wall Street, hurlant des offres et des demandes, qui représentaient à ses yeux le comble de l'absurdité.

Rien ne semblait pouvoir arrêter cette machine dévorante. Le réseau de BB s'étoffait, proliférait. L'entreprise n'était pas de celles que l'on peut vendre, céder ou déclarer en faillite. Le dépôt de bilan lui était interdit. A la limite, Basile aurait pu cesser de répondre aux demandes. Mais comment ignorer toutes les offres – d'emplois, de logements, de services divers – qui affluaient ? Un sentiment de responsabilité et de devoir le torturait, alors qu'il avait toujours été guidé par l'instinct et la fantaisie.

Quelques mois plus tôt, en prenant congé de Sami Dabbour devant le restaurant du Crillon, BB lui avait dit doucement :

– Tu es déjà riche. Que veux-tu de plus ? Personne, pas même Rockefeller, ne peut porter plus d'une paire de chaussures à la fois.

Lui-même désormais ressemblait à un richard écrasé par sa fortune, incapable de s'en débarrasser. Un millionnaire condamné, de toute façon, à devenir milliardaire.

# 42

Un dimanche d'octobre, il fut pris d'une forte fièvre et se vit contraint de passer la journée chez lui. C'était bien la première fois qu'il s'alitait depuis la rougeole de ses dix ans ! Le lendemain, il était sur pied, mais ne tint pas longtemps et se recoucha. Manuela, frappée par la pâleur de son teint, insista pour appeler un médecin. Celui-ci prescrivit du repos et des vitamines.

Dans les jours suivants, Basile se plaignit de douleurs dans les articulations. Sa pâleur persistante se doublait d'un état d'abattement qui le rendait méconnaissable. Mais il ne voulait pas suspendre ses activités.

Un matin, cependant, il remarqua une tache de sang sur son oreiller. Le médecin, qui habitait l'immeuble voisin, put venir avant ses premières consultations. Il décela une petite lésion buccale et une tuméfaction des ganglions. Puis il demanda à BB de se déshabiller et lui palpa longuement la région du foie.

– Vous n'avez peut-être pas grand-chose, lui dit-il. Une prise de sang permettra de s'en assurer. Je vais vous envoyer un infirmier.

Le médecin téléphona le lendemain après-midi :

– Le laboratoire vient de me communiquer les résultats. Vous avez un taux anormalement élevé de globules blancs. Un examen plus approfondi devrait être fait, mais en hôpital, dans un service spécialisé. J'aimerais vous mettre en de bonnes mains.

C'est Basile lui-même qui appela le professeur Valadier, devenu un ami après des échanges de services au fil des ans. Cet éminent spécialiste des maladies sanguines se trouvait à Lyon pour un congrès. Dès que sa secrétaire lui fit part de l'appel, il se mit en contact avec le médecin de la rue Gay-Lussac, puis décida d'avancer son retour à Paris. Le lendemain, mon cousin, hospitalisé dans le service d'hématologie de l'hôpital Saint-Louis, subissait une ponction de la moelle osseuse.

Le professeur Valadier n'était pas homme à raconter des histoires, surtout à quelqu'un comme Basile Batrakani.

– Les résultats ne sont pas très bons, lui dit-il après s'être assis sur le bord de son lit.

– Un cancer ? demanda BB d'une voix blanche.

– Oui, une leucémie. Mais elle ne perd rien pour attendre ! Nous allons nous y attaquer immédiatement.

Le professeur Valadier n'avait pu s'empêcher de prendre un ton rassurant, presque guilleret. Basile, lui, s'était arrêté au mot « leucémie ». Il se sentait brusquement projeté en plein désert, au kilomètre 65, sur la route d'Alexandrie…

Sans entrer dans les détails, Valadier lui expliqua qu'il fallait détruire la moelle malade et refaire pousser une moelle saine.

– Ai-je des chances de m'en sortir ?

– Mais bien sûr, voyons ! Dans ce genre de maladie, il y a les soins et il y a la volonté. Je me charge des soins. Pour la volonté, je vous fais confiance.

# 43

Quand Basile prononça le mot « leucémie », Manuela pâlit brusquement et ne put retenir un tremblement des lèvres. Pour ma part, j'étais confiant : un homme aussi puissant que BB me paraissait indestructible.

Le professeur Valadier avait fait libérer la meilleure chambre de son service. Toute l'équipe s'était rendu compte que le « patron » attachait une importance particulière à ce malade, et agissait en conséquence. D'ailleurs les infirmiers et les aides-soignants, hommes et femmes, n'avaient pas tardé à tomber sous le charme de Basile Batrakani.

Il fut décidé de ne laisser de répondeur téléphonique ni à son domicile ni à la rue Raymond-Losserand, pour ne pas être surchargé d'appels qui, de toute manière, resteraient sans réponse. Je devais passer, en revanche, chaque jour aux deux adresses pour retirer le courrier, l'ouvrir, le trier et faire part à mon cousin des lettres les plus importantes.

De temps en temps, je tombai sur une enveloppe inattendue. Comme ce faire-part, annonçant le mariage de Mlle Laurence Mauberger avec M. Jean-Bertrand de Fleury, en l'église Saint-Pierre-de-Chaillot. La messe serait célébrée par un jésuite, cousin du marié. Instinctivement, je humai le carton, essayant d'y retrouver le parfum, mêlé de tabac, qui m'avait tant troublé.

J'ignorais que des personnes célèbres – je pense à ce ministre gaulliste ou à cette romancière à succès – s'adressaient à Basile de façon aussi familière. Mais beaucoup de lettres aux écritures humbles, appliquées et prudentes, ne trompaient pas sur la condition de leurs auteurs.

Un jour, j'ouvris par mégarde une enveloppe portant la mention « Personnelle ». Elle contenait une demi-douzaine de feuillets à l'écriture serrée, avec la signature de Geneviève H., la propriétaire du salon de thé du dix-septième arrondissement. Je ne pus m'empêcher de la lire jusqu'au bout. C'était une lettre pleine d'allusions, de questions et de reproches.

– Pardon, dis-je à Basile, en lui tendant l'enveloppe décachetée, je n'avais pas vu que c'était personnel.

Ayant reconnu l'écriture, il eut un sourire.

– Pauvre Geneviève ! Pour me soustraire aux autres femmes, elle m'aurait bien gavé tous les jours de babas au rhum et de mille-feuilles.

Était-ce pour se rendre intéressante, un an et demi

plus tôt, que l'amie de la dermatologue avait signalé à Basile ma visite ? Je me souvenais pourtant très bien de la description qu'elle faisait de lui : un homme grisé par sa puissance, un pervers, qui manipulait les gens comme des marionnettes. « Peut-être suis-je moi-même une marionnette », avait-elle ajouté. Une marionnette amoureuse...

Valadier voulut commencer tout de suite la chimiothérapie. Pendant trois semaines, Basile, fatigué, vécut dans un semi-isolement. Il pouvait téléphoner, mais les visites étaient limitées et, pour entrer dans sa chambre, nous devions nous laver soigneusement les mains, enfiler une blouse et porter un masque.

Il perdit assez vite ses cheveux. Il eut quelques troubles digestifs et, à plusieurs reprises, souffrit d'une inflammation des muqueuses de la bouche. Sur ses bras, enflés par les perfusions, on appliquait des pansements alcoolisés pour protéger les veines. Mais rien de tout cela n'entamait sa bonne humeur. L'hôpital le reposait, en le dispensant des innombrables sollicitations dont il était l'objet.

– Je suis hors service, disait-il avec un sourire, en jouant une fois de plus sur les mots.

Ce n'était qu'à moitié vrai. Quelques jours après son admission à Saint-Louis, une infirmière, qui attendait vainement une place dans une crèche pour sa fillette, eut la bonne idée d'en parler devant lui : le lendemain, la petite était casée.

Connaissant de plus en plus de monde au sein de l'hôpital, BB jouait spontanément l'intermédiaire.

– Ces gens qui se côtoient tous les jours ignorent souvent tout les uns des autres ! constatait-il avec étonnement.

La voiture d'occasion que cherchait un aide-anesthésiste n'était-elle pas en vente, deux étages plus bas, chez un membre de l'administration ? Il suffisait de demander à M. Batrakani. La chambre 3 connaissait un prestige grandissant, auprès du personnel comme des malades. Même l'aumônier de l'hôpital, qui devait partir d'urgence en Espagne, en profita.

– Pour obtenir un passeport dans la journée, monsieur l'abbé, je ne vois que deux moyens, lui avait dit le professeur Valadier : une intervention du Ciel ou la chambre 3.

Concentrant son attention sur le petit milieu de l'hôpital, Basile revenait douze ou treize ans en arrière, quand son réseau se réduisait à une poignée de personnes. Quel bonheur de pouvoir s'entremettre dans le calme, à plein temps, avec l'expérience acquise et d'innombrables relations ! Un vrai *mazag*. Il était comme un agrégé de philosophie en train de passer l'épreuve du baccalauréat.

Ce qui le frappait le plus dans cet univers de blouses blanches, c'était l'agitation et l'impatience. Lui, qui avait toujours pris son temps, et en disposait désormais entièrement, voyait courir des soignants d'un point à l'autre, comme les serveurs des brasseries parisiennes. Les couloirs résonnaient de bruyantes cavalcades.

L'agitation n'empêchait pas d'incompréhensibles lenteurs et des attentes interminables. Basile n'avait aucune raison de s'en plaindre lui-même, ayant eu dès le départ un statut privilégié, qui n'avait cessé de s'affirmer. Mais il observait autour de lui tous ces patients contraints à la patience... Des malades appuyaient sur la sonnette et attendaient. Ce n'était pas, comme rue Raymond-Losserand, « Sonnez et entrez », mais « Sonnez et attendez ». Ces hommes et ces femmes passaient une partie de leur journée à guetter la toilette du matin, la visite du professeur, les repas avalés sans appétit, et cette intrusion permanente de la médecine dans leur chambre, leur corps, leur intimité.

La dépendance à l'égard des soignants provoquait chez Basile des sentiments mêlés. S'il en souffrait, comme tous les malades, il aimait aussi se laisser faire, à la manière d'un enfant. Cette dépendance consentie le rendait serein.

– Dépendre des autres peut devenir un plaisir, remarquait-il. Ce qui est insupportable, c'est de dépendre du regard et du jugement des autres.

# MAZAG

Dans sa chambre d'hôpital, pour le distraire, nous faisions de temps en temps une partie de Scrabble, son jeu préféré. Un après-midi, il posa quatre lettres sur la grille, avec un plaisir évident.

– Voici le plus beau mot de la langue française !

– Ah bon ? fit Manuela, en lisant « hôte ».

– Sais-tu ce qu'est un hôte ? demanda BB.

Elle haussa les épaules :

– C'est celui qui invite.

– Non, c'est celui qui est invité, dis-je spontanément.

Basile buvait du petit-lait.

– Mettez-vous d'accord !

Ce mot à double sens l'enchantait. D'une certaine façon, il le résumait.

# 44

– Depuis l'âge de sept ans, je n'ai entendu que des « bravos », nous lança-t-il un soir.

Il voulait dire qu'il n'avait jamais entendu des « je t'aime »...

On lui avait d'abord parlé d'un « long voyage ». Ce n'est que trois mois après le drame qu'il apprit que son père et sa mère s'étaient tués dans un accident de voiture, sur la nouvelle route du désert, entre Le Caire et Alexandrie. La Panhard noire avait dû faire plusieurs tonneaux avant de prendre feu. Quand elle fut découverte par des bédouins, quelques heures plus tard, elle fumait encore. Les deux corps, à l'intérieur, étaient méconnaissables.

Basile venait de fêter son septième anniversaire. Ses parents lui avaient offert à cette occasion une montre, trop grosse pour son petit poignet : une vraie Jaeger-Lecoultre à deux boutons, qui le remplissait de fierté. Il s'était rué vers eux pour les embrasser...

Après le drame, il fut recueilli avec ses deux sœurs par une tante maternelle, Lydia, mariée à un avocat, Boctor Dabbour. Le couple, qui habitait une grande villa à Héliopolis, avait sept enfants. Autant dire que dans ce nouveau foyer les nourritures affectives étaient assez éparpillées. Basile ne manquait de rien, sinon d'être pris dans les bras, jeté en l'air par son père et rattrapé dans un grand rire ; de rien, sinon d'être couvert de baisers par sa mère et écrasé contre sa poitrine, au point de ne plus pouvoir respirer. Là, chez la tante Lydia et l'oncle Boctor, chaque fois qu'il sentait le chagrin l'envahir, il allait cacher ses larmes au fond du jardin. Accroupi dans le pigeonnier désaffecté, il écoutait le tic-tac de la montre, comme le battement de son cœur. Ce talisman lui donnait force et courage, même si pour lui le « grand voyage » marquerait à jamais un terme, une frontière.

Ses parents étaient au Ciel. On le lui avait dit et il n'en doutait pas. De là-haut, ils l'encourageaient, le soutenaient.

Basile fit son deuil en choisissant de mordre la vie à pleines dents. Cet appétit de vivre ne cessait d'augmenter, frisant parfois la boulimie.

– Tes pauvres parents ! lui disait-on.

Pourquoi pauvres ? Il les voyait comme sur la photo, fixée au-dessus de son lit : jeunes, beaux, souriants, de retour de leur lune de miel en Suisse, avec ces grands manteaux des pays froids qui leur allaient si bien. Tandis que la tante Lydia et l'oncle Boctor s'arrondissaient et se ridaient, ses parents à lui restaient immuables : jeunes, beaux, souriants. Ils le resteraient éternellement. Des parents admirables, qui ne pourraient jamais le décevoir.

Plus tard, il n'avait pas trop cherché à fouiller dans l'histoire de son père – un jeune homme insouciant et dépensier – ni dans celle de sa mère, née elle aussi avec une cuiller d'argent dans la bouche. Sans doute avait-il trop peur d'érafler cette image idéalisée. Il s'en tenait à la photo avec les grands manteaux, qui se trouvait à Paris dans l'entrée de son appartement, dans sa chambre à coucher et dans le bureau de la rue Raymond-Losserand. La photo officielle, en quelque sorte.

De constitution solide, Basile passait pour un enfant sans problème. Un bon collège, un peu de scoutisme, le Sporting Club d'Héliopolis, l'insertion dans un clan familial, les déjeuners du dimanche, les vacances à Alexandrie... Tout cela lui permit de traverser mieux que d'autres les marécages de l'adolescence.

Il en faisait souvent à sa tête, persuadé que ses parents, là-haut, l'approuvaient. Qui aurait pu démontrer le contraire ? L'état d'orphelin le rendait plus libre que ses cousins. Il faut dire que l'oncle et la tante avaient déjà fort à faire avec leur progéniture, dont certains éléments les préoccupaient à juste titre. Sami, en particulier, avait été renvoyé successivement de trois collèges du Caire, pour tricherie ou racket. La troisième fois, il était allé assez loin, essayant de faire chanter le frère questeur après l'avoir surpris, derrière les cuisines, en communion avec une femme de ménage...

Sans être négligé, Basile était moins suivi que les autres, et il en profitait. Sa relative autonomie lui donnait une maturité précoce, même s'il restait affectivement un enfant. C'est à seize ans, lors d'un premier flirt, qu'il entendit enfin de vrais mots d'amour. Dès lors, sa volonté de séduire, mêlée à une recherche effrénée de liens, alla croissant.

« Tes pauvres parents... » En Égypte, jusqu'à l'âge adulte, il avait connu des regards apitoyés. Sans doute a-t-il voulu les fuir en venant à Paris. Seul. En orphelin.

Sur la route du désert, les carcasses des voitures accidentées gisaient indéfiniment, brûlées par le soleil. Mais, au kilomètre 65, il ne restait rien de la Panhard noire, dont les débris calcinés avaient été enlevés à l'initiative de la famille. Basile le regrettait presque. Chaque été, quand il empruntait cette route, il s'arrêtait au lieu présumé de l'accident. Il allait faire quelques pas dans le désert, balayé par un vent tiède, à la recherche d'une tombe imaginaire. Ce cimetière de sable le bouleversait.

Ses parents l'avaient involontairement abandonné. En choisissant de vivre, Basile avait décidé de ne jamais être seul. N'était-ce pas cela qui le conduisait à fuir le pouvoir ? Un chef ne peut compter que sur lui-même. Cent exemples d'hommes politiques ou de patrons, autour de lui, le démontraient. Son immense pouvoir, il ne l'exerçait qu'avec les autres – à travers eux.

Il avait choisi de vivre, mais la mort ne cessait de le hanter. Ses amies successives ne comprenaient pas pourquoi il semblait mettre un frein à leur relation, en attendant d'y mettre un terme. Si Basile refusait de s'attacher à une femme, c'était aussi par crainte de la perdre.

– Je n'aurai jamais d'enfants, avait-il dit à Manuela. Ils pourraient avoir la douleur de voir leurs parents « partir en voyage ». Non, je ne prendrai pas le risque de donner la vie à de futurs orphelins.

## 45

Luco se présenta un matin à l'hôpital, la tête basse : il venait d'être licencié, pour absences répétées, par l'entreprise qui l'employait depuis trois mois.

– Tu sais ce que tu es ? murmura Basile en colère. Un gamin !

En se redressant brusquement sur son lit, il fit tomber le dispositif de transfusion, et un peu de sang se répandit sur le lit.

Luco, affolé, se précipita dans le couloir pour appeler une infirmière. Celle-ci, en voyant les dégâts, ne put s'empêcher de crier au malade :

– Mais enfin, qu'avez-vous fait ? Vous n'êtes tout de même pas un gamin !

Un double éclat de rire retentit dans la chambre.

Leur seul point commun était d'être orphelins. Encore que...

– L'orphelinat est comme le train, disait BB. Il y a plusieurs classes. Moi, j'ai eu la chance de voyager en première.

C'était une manière élégante, et un peu excessive, de remercier la tante Lydia et l'oncle Boctor, qui n'avaient brillé ni par leur attention ni par leurs qualités pédagogiques. Mais, dans ces familles à tiroir, où l'on pouvait se retrouver à trente ou quarante sur une plage d'Alexandrie pour de joyeux déjeuners, la solitude était une maladie inconnue. Basile l'orphelin avait connu au moins la chaleur de la tribu, la ferveur et les rires.

Luco était âgé de douze ans quand il avait découvert sa mère morte dans la cuisine, une bouteille brisée à la main. Peu après, son père était parti. L'enfant se sentait coupable de la disparition de l'une et de la défection de l'autre. Personne, à l'Assistance publique, n'avait su l'en dissuader ni lui offrir les gestes de tendresse qu'il ne savait pas réclamer. Plus tard, il avait rejoint des blousons noirs du côté de Nanterre. A défaut d'être reconnu par la société, il l'était par sa bande, commettant des actes d'une folle imprudence, qui suscitaient l'admiration de camarades plus âgés.

– En réalité, tu meurs de trouille, lui avait lancé Basile lors de leur deuxième rencontre dans un bar de Montparnasse.

Luco, furieux, avait failli sortir son couteau. Mais, la fois suivante, il promit de ne plus jouer à la roulette russe. Il allait tenir parole, sur ce point au moins...

– La chimiothérapie, expliqua Valadier, a pour but de détruire la moelle malade. L'inconvénient, c'est qu'elle détruit aussi ce qui reste de moelle normale. Vous manquez de globules blancs, d'où le risque d'infections. Vous manquez aussi de plaquettes, ce qui peut provoquer des hémorragies. Et cette pâleur, ces essoufflements exigent des transfusions de globules rouges.

Basile recevait donc du sang qui avait appartenu à d'autres personnes. Cela provoquait chez lui un malaise inattendu, tout en le plongeant dans d'intenses réflexions. Il se souvenait du cas de cette fillette de sept ans qui avait subi l'une des premières opérations à cœur ouvert. Ce devait être en 1957 ou 1958, peu de temps avant le lancement d'Autres Terres. Elle s'appelait Danielle. Une organisation exceptionnelle avait été mise en place pour la circonstance : une dizaine de litres de sang devaient être prélevés sur des donneurs, convoqués l'un après l'autre, de demi-heure en demi-heure.

BB n'avait jamais répondu aux appels de la Croix-Rouge, et maintenant il se demandait pourquoi. Parce qu'il craignait les piqûres ? Parce que la vue du sang le rebutait ? Ou simplement parce que ce don-là ne faisait pas partie des habitudes, en Égypte, dans son milieu ?

A l'hôpital, personne ne lui avait posé la question : tout malade, tout blessé bénéficiait de la transfusion, même s'il n'avait jamais été donneur. Dans cette sorte d'assurance-vie, cotisants et non-cotisants étaient logés à la même enseigne.

Pour Basile, la gratuité allait de soi. Monnaierait-on une substance aussi précieuse que le sang ? Lui qui ne monnayait rien se retrouvait parfaitement dans son élément. L'anonymat, en revanche, le troublait. Que signifiait cette cachotterie ?

– C'est absurde ! disait-il. Je ne saurai jamais qui me donne ce sang. Le donneur lui-même aurait sans doute aimé me connaître.

La machine médicale s'interposait entre deux individus qui partageaient le plus intime des biens. Elle seule décidait si le premier était en état de donner et si le second avait besoin de recevoir.

Où se trouvait le plaisir dans cette affaire ? Pour Basile, un service était d'abord une occasion d'entrer en relation avec quelqu'un et de nouer des liens. Ce flacon anonyme, qui ne portait qu'un numéro, le déroutait profondément.

Il fit part de ses interrogations à Valadier et aux infirmières, qui lui donnèrent des réponses convenues. La lumière devait lui être apportée par un jeune plombier venu réparer un robinet de sa chambre.

– Moi, précisa l'homme en salopette, je donne mon sang depuis bientôt cinq ans : depuis que mon frère, victime d'un grave accident de la route, a été sauvé par une transfusion.

– Je comprends, dit BB. En somme, vous rendez la pareille ?

– Ah, non, pas la pareille ! J'ai un rhésus négatif. Un sang très rare, à ce qu'on dit. Je n'ai pas le droit de ne pas donner. Imaginez un peu !

– Oui, j'imagine, qu'à Dieu ne plaise, vous ayez vous-même un accident de la route…

– Ah non, ça ne risque pas ! Je ne voyage qu'en train, et encore, très rarement.

Basile eut du mal à retenir un petit rire.

– Vous n'aimez pas voyager ?

– Ce que j'aimerais, c'est avoir une maisonnette sur les bords de Marne et taquiner le goujon.

– Il ne reste plus qu'à la trouver, dit BB.

– Vous plaisantez ! Ce n'est pas dans mes moyens.

– Oh, je suis sûr qu'on peut en trouver de pas chères. Si vous voulez, je peux vous mettre en contact avec un de mes amis, qui vous arrangera ça.

Sceptique, ou n'aimant pas être bousculé, l'amateur de pêche répondit :

– Je vous remercie. J'y réfléchirai.

BB n'insista pas et revint à la discussion précédente :

– Vous trouvez normal de donner votre sang et de ne pas être payé ?

– Payé ? Vous voulez que je sois payé pour ça ! s'exclama l'autre. Si encore je perdais quelque chose... Mais le sang se reconstitue aussitôt, vous savez.

Mon cousin approuva de la tête.

– Mais, finalement, pourquoi donnez-vous votre sang ?

L'homme haussa les épaules.

– Je n'en sais rien, moi. Vous posez de drôles de questions. Pourquoi ne donnerais-je pas mon sang ?

– Une dernière chose. Dites-moi : le caractère anonyme de ce don ne vous gêne pas ?

– Anonyme ? Pourquoi, anonyme ? fit le plombier, étonné. Je ne me cache pas. Je vais avec les copains, qui donnent leur sang comme moi. Des rhésus positif, eux. Les gars de la transfusion nous connaissent. Ils nous offrent un bol de café et des biscuits. Il y a une très bonne ambiance dans le camion.

– Je comprends, dit Basile. Merci. Merci beaucoup.

Remerciait-il pour ces informations ou pour les globules rouges qui, désormais, lui paraissaient encore plus précieux ?

– Imagine-toi, me dit-il le lendemain : c'est le sang d'un autre qui coule dans mes veines ! Qui est ce frère inconnu ? Peut-être une sœur. Une femme, tu te rends compte !

Il en avait les larmes aux yeux.

– Me voilà lié à elle, à lui, à eux tous... Les liens du sang.

# 46

La chimiothérapie étant terminée, au moins provisoirement, Basile pouvait recevoir davantage de visiteurs, lesquels n'avaient plus besoin de porter une blouse et un masque.

L'un des premiers à accourir fut Émile El Farès.

– Je prie pour vous tous les jours, assura-t-il à Basile.

Ce n'était qu'à moitié rassurant... Le Libanais voulait absolument se rendre utile. BB finit par avoir un long entretien avec lui à propos d'un montage financier, qu'il avait parrainé, en faveur de l'Association des écoles chrétiennes de Haute-Égypte. El Farès prit aussitôt le dossier en main, de manière très efficace.

Basile réussit à persuader Jean et Jeanne Aurenge, qui étaient déjà venus deux fois à l'hôpital, de ne plus se déplacer. Il les appelait au téléphone presque tous les jours, ce qui lui permettait aussi de parler aux enfants.

Ernest Zimmerbach avait la terreur des hôpitaux, source de tous les microbes. Il s'excusa de ne pouvoir faire une visite par une lettre très aimable, accompagnée d'une élégante trousse de toilette en peau de buffle. Visiblement, l'engueulade qu'il avait reçue au téléphone quelques mois plus tôt n'avait pas allégé son fardeau.

Pierre Lesage, toujours dans la lune, s'était trompé d'hôpital. Ayant confondu Saint-Louis et Saint-Joseph, il avait atterri dans le quatorzième arrondissement. Après avoir finalement trouvé la bonne adresse, il prit un taxi qui lui fit traverser Paris dans l'autre sens. Mais il ne put voir Basile, l'heure des visites étant dépassée. Le lendemain, il devait partir pour un congrès d'océanographie à Montréal. Son appartement resterait vide pour la première fois. Mais je lui promis de m'y rendre en son absence pour m'assurer que ses trésors étaient intacts.

Parmi les intimes, Roger Marinelli continuait à passer, de bon matin ou en fin de soirée. Des instructions spéciales avaient été données à la réception pour le laisser entrer en dehors des heures de visite. Il ne lui était pas nécessaire de présenter sa carte d'identité : au bout de quelques jours, tout le monde reconnaissait de loin le patron d'Autres Terres, sa bedaine, sa barbe et ses chemises à fleurs. Avec lui, c'étaient des moments de franche rigolade.

Du Canada, Sami Dabbour avait fait livrer une corbeille de fleurs démesurée, à laquelle était jointe sa carte de visite.

– Il a oublié d'y inscrire « A mon cousin bien-aimé », remarqua BB, l'œil malicieux. Serais-je déjà en cessation de paiement ?

Laurence Mauberger vint un après-midi en compagnie de l'avocat-conseil qu'elle devait épouser. Elle n'avait changé ni de parfum ni de coiffure. La perspective du mariage semblait l'épanouir. Elle plaisantait, essayait de mettre de l'ambiance, après avoir trouvé à Basile une mine superbe. On la sentait mal à l'aise dans cette chambre d'hôpital où il était interdit de fumer. Manipulant son briquet éteint, elle distillait quelques phrases faussement enjouées.

Le couple devait s'installer à Lyon, après un voyage de noces en Haute-Égypte. Amateur d'équitation, Jean-Bertrand de Fleury demanda à BB si par hasard il ne connaissait pas un haras sur place. Mon cousin consulta l'un de ses répertoires puis téléphona au président de la principale société équestre du Rhône, qui fixa un rendez-vous.

Sabine, elle, passa à deux reprises. Basile était particulièrement touché de la voir. Je l'avais manquée la première fois. A l'issue de sa deuxième visite, je la raccompagnai jusqu'à la station de métro. Elle me précisa qu'elle avait déménagé, pour occuper un autre studio, bénéficiant d'un ascenseur celui-là. Je n'étais pas mécontent de savoir que personne ne me succéderait dans sa chambre-mezzanine, au-dessus des cerisiers...

Comment ne pas dire un mot de la visite inopinée qui agita l'hôpital pendant une semaine ? Le 15 novembre, un peu après dix-sept heures, deux infirmières avaient reconnu Gilbert Bécaud dans le couloir, malgré ses lunettes fumées. Le chanteur était venu en coup de vent, la veille d'un spectacle en province.

– Tu es dispensé de concert demain soir, dit-il à Basile, après l'avoir embrassé. Mais ne me fais pas le coup à l'Olympia en février ! Le 3 février, tu as noté ?

A sa sortie de la chambre, dix minutes plus tard, il fut entouré de plusieurs soignants, d'employés et de malades. Gentiment, il signa quelques autographes, mais l'homme qui l'accompagnait – un secrétaire ou un garde du corps – l'entraîna vers sa voiture.

Cet événement parisien ne fit qu'augmenter la notoriété de BB. Tout l'étage se prit à surveiller les personnes qui pénétraient dans sa chambre. On repérait de temps en temps un visage connu. Célèbres ou pas, les visiteurs étaient de plus en plus nombreux.

Manuela supportait mal cette affluence. Je partageais son agacement et son inquiétude. Allions-nous retrouver les bousculades de la rue Raymond-Losserand ? Basile avait beau distribuer des sourires, on le sentait fatigué et angoissé. Il nous reparla de l'accident mortel dont avaient été victimes ses parents, sur la route du désert. Je n'en dormis pas de la nuit. Pour la première fois, je me rendis compte qu'il pouvait lui-même nous quitter.

Un après-midi, Manuela fit irruption dans le bureau de l'infirmière-chef.

– Si aucune mesure n'est prise, menaça-t-elle, je me posterai moi-même dans le couloir pour interdire l'entrée.

Dès le lendemain, on limita les visites à la chambre 3.

# 47

Dans la pile de courrier parvenue rue Raymond-Losserand, il y avait cette lettre, d'une écriture un peu tremblée.

*Le 25 novembre 1965*

*Cher Monsieur Batrakani,*

*Je vous écris de la maison de retraite où j'ai échoué il y a deux ans. Paralysé des jambes, je ne quitte mon lit que pour occuper un fauteuil roulant qui ne conduit nulle part. Depuis la mort de mon chien, plus rien ne me retient dans ce triste monde. J'ai bien essayé d'en finir, un soir, en avalant toutes les saloperies qui se trouvaient sur ma table de chevet. Mais la médecine s'est acharnée à ranimer mon cadavre. On tient à moi, voyez-vous ! Depuis lors, même le couteau m'est interdit pendant les repas. La nuit, on m'attache, comme un animal.*

*Il m'a fallu être aussi sage qu'une image pendant*

*quelques semaines pour rassurer mes gardiens et pouvoir vous écrire. Médecins et infirmières sont persuadés que je suis « revenu à la raison ». A la raison ! Je vous en supplie, cher ami, fournissez-moi le moyen de mettre fin à ce calvaire. Je ne dis pas, cette fois, que je vous le revaudrai... D'ailleurs, vous n'aimez pas ce genre de promesses.*

*Bien à vous.*

*Philippe Hautepin.*

– Qu'ekceksa ? demanda Luco.

Basile, silencieux, relisait la lettre pour la troisième fois.

– Apporte-moi de quoi écrire, me dit-il finalement.

Un quart d'heure plus tard, il me demandait d'aller remettre sa réponse à l'adresse indiquée. Cette maison de retraite médicalisée se trouvait au fin fond de l'Ouest parisien, près de Saint-Germain-en-Laye.

– Je peux te déposer en moto, me proposa Luco.

Peu après, je dévalais les boulevards, agrippé à son blouson. Chaque feu vert le faisait démarrer en trombe, comme si nous étions poursuivis par tous les policiers de la capitale.

La Maison des Lilas Bleus, perdue dans la nature, était entourée d'un haut mur de pierre. La moto s'engagea dans une allée bordée de tilleuls, fit crisser le gravier et s'arrêta net devant le perron. Deux vieillards minuscules, avalés par un banc de jardin, nous lançaient des regards effarés.

– Moi, je n'entre pas dans cette usine, me dit mon chauffeur. Je grillerai une cigarette ici en t'attendant. Mais tu as intérêt à te magner si tu ne veux pas retourner seul à Paris, en fauteuil roulant.

Une petite vieille sans âge, qui bavait sur sa robe, se tenait en haut des marches. Je lui demandai où était la chambre de M. Hautepin. Elle se mit à pousser des cris aigus, accompagnés de gestes désordonnés. Une infirmière, sortant du hall d'entrée, la calma et m'indiqua le n° 12.

Quelques pensionnaires traînaient dans le couloir du premier étage, appuyés sur une canne ou avançant péniblement à l'aide d'un déambulateur. La porte était entrouverte.

– Qui êtes-vous ? me lança une voix caverneuse.

Je sursautai. Très droit dans son fauteuil roulant, les sourcils blancs en broussaille, Philippe Hautepin était drapé dans une robe de chambre grenat. Un regard d'acier.

Dès que je me fus présenté, la déception se lut sur son visage.

– Je pensais qu'il viendrait, murmura-t-il.

– Il ne peut pas, il est hospitalisé... D'ailleurs, je crois qu'il vous l'explique dans cette lettre.

Hautepin décacheta nerveusement l'enveloppe.

Après avoir lu les deux pages de Basile, il me transperça de son regard terrible, sans un mot.

– Vous ne voulez pas lui téléphoner ? demandai-je, sachant que BB lui avait donné le numéro de sa ligne directe et tenait à lui parler.

– Non, je vous remercie, lança-t-il d'une voix coupante.

Le personnage m'impressionnait, mais il n'était pas question pour moi d'en rester là.

– Que dois-je lui dire de votre part ? insistai-je.

Son visage était de marbre.

– Peut-il au moins vous appeler lui-même ici ?

Il hocha à peine la tête en signe de dénégation. Je sentais la colère m'envahir.

– Vous pourriez quand même lui répondre ! m'écriai-je.

Actionnant les roues de son fauteuil, Philippe Hautepin se tourna vers la porte-fenêtre, bloquée par des barres de protection. L'entrevue était terminée. Je repartis, furieux, après avoir claqué la porte.

Basile ne pouvait qu'être déçu de mon compte rendu.

– Il faut absolument que je lui parle, dit-il. As-tu vérifié, comme je te l'avais demandé, si sa chambre dispose du téléphone ?

– Elle n'en a pas, répondis-je. A la réception, ils me l'ont confirmé.

– Nous lui installerons une ligne. Mais je le connais : s'il refuse de parler, le général de Gaulle lui-même ne réussira pas à lui faire décrocher le récepteur.

BB nous précisa que Philippe Hautepin était un héros de la Résistance. Arrêté en 1943 par la Gestapo, sauvagement torturé, il avait fait croire à ses bourreaux qu'il acceptait de travailler pour eux. Aussitôt après sa mise en liberté, il attirait dans un guet-apens l'homme qui avait trahi son réseau, l'abattait de deux coups de revolver et faisait déposer son corps devant la Kommandantur.

– Si Hautepin a tenté une fois de se suicider, il recommencera par n'importe quel moyen, estima Basile.

Jamais je n'avais vu mon cousin aussi fébrile, aussi concentré sur une affaire. Il me demanda ses répertoires et, pendant près d'une heure, ne cessa de téléphoner, à gauche et à droite, consultant successivement un psychologue, un gérontologue, un banquier... Il reçut même dans l'après-midi un certain Gatignol, détective privé, qu'il avait sorti d'un mauvais pas quelques années plus tôt, pour lui demander d'enquêter discrètement sur Hautepin.

Le professeur Valadier, informé par les infirmières de toute cette agitation, vint faire des remontrances au malade :

– Vous devez impérativement vous ménager. Votre

température s'est élevée, et ces petites hémorragies sur vos bras ne me disent rien de bon.

Basile dormit une partie de l'après-midi. Mais, dans la soirée, il était de nouveau accroché au téléphone. Feuilletant à peine son courrier, il ne pensait qu'à la requête de Philippe Hautepin. Il demanda à Roger Marinelli, dont il connaissait le sens pratique, de venir en parler avec lui le lendemain à la première heure.

# 48

Le patron d'Autres Terres s'étonna de l'importance qu'on accordait à cette affaire :

– S'il fallait répondre à tous les petits vieux qui sont las de vivre...

– Hautepin n'est pas un petit vieux, répliqua Basile. C'est un grand monsieur. Et il serait capable de n'importe quoi pour mettre son projet à exécution.

Marinelli hocha la tête.

– Pourquoi s'affoler ? Si tu ignores sa demande, il n'en mourra pas. C'est le cas de le dire !

– Je ne peux pas ignorer sa demande.

Le voyagiste s'anima :

– Je ne comprends pas, Basile : qu'est-ce que tu cherches ? A l'empêcher de se suicider ou à lui en donner les moyens ?

Il n'obtint pas de réponse. Je crois qu'à cet instant BB n'en savait rien : seule s'imposait à lui la nécessité de répondre. On frappait à sa porte, et il ne parvenait pas à l'ouvrir.

– Fais attention ! l'avertit Roger Marinelli. La justice ne plaisante pas avec ces choses. D'ailleurs, il me semble que tu as d'autres chats à fouetter actuellement. Ne crois-tu pas que tu devrais te concentrer sur ta guérison ?

– Tu sais bien que ça ne veut rien dire, murmura Basile.

Sentant qu'il ne le convaincrait pas, Marinelli proposa alors de se rendre lui-même le lendemain à la maison de retraite.

Le voyagiste commença par s'entretenir longuement avec la directrice des Lilas Bleus, sans faire état de la lettre de Philippe Hautepin. Cette femme d'une cinquantaine d'années lui parut un peu raide, mais pas insensible ni stupide.

– Nous avons fait l'impossible, affirma-t-elle, pour lui rendre la vie agréable. Il ne s'intéresse plus à rien, pas même aux journaux. Il est seul avec lui-même.

Marinelli se rendit ensuite à la chambre 12.

– Basile Batrakani aurait aimé vous adresser ses amitiés de vive voix, dit-il à Hautepin. Il m'a chargé de vous faire savoir qu'il peut vous trouver très vite un nouveau berger allemand. Si les Lilas Bleus n'acceptent pas d'animaux, il vous installera dans une autre maison de retraite, aussi confortable que celle-ci.

– Je n'ai pas demandé de chien, répliqua sèchement Hautepin.

– Vous avez en tout cas besoin de vous changer les idées. Mon agence de voyages peut vous organiser un séjour où vous voulez. Sur n'importe quel continent. Une semaine, deux semaines, un mois... Cela ne vous coûtera pas un franc et vous n'aurez aucun souci matériel. J'offre aussi le voyage à une infirmière.

Pour toute réponse, l'autre tourna son fauteuil vers la porte-fenêtre.

Les Lilas Bleus ayant refusé d'installer un téléphone dans la chambre 12 « pour ne pas faire de jaloux », Basile appela le cabinet du ministre de l'Intérieur. Le lendemain, c'est le préfet en personne qui s'adressait à la directrice de la maison de retraite pour l'inviter à poser une ligne.

Mais, comme BB l'avait prévu, Hautepin refusa systématiquement de répondre au téléphone. Même quand une infirmière décrochait le récepteur et le lui tendait, il restait impassible. Il fut alors décidé de débrancher la prise pour ne pas gêner les autres pensionnaires.

La chambre 12 ne répondait pas et, à quelques kilomètres de là, la nervosité gagnait la chambre 3.

Basile broyait du noir. D'anciens échecs lui revenaient en mémoire. Il se souvenait, en particulier, de ce jeune Lyonnais qui s'était présenté un après-midi de 1959 rue Raymond-Losserand.

– Il voulait aller vivre en Tasmanie. J'étais fatigué ce jour-là, je l'avais écouté d'une oreille distraite. En Tasmanie... Cette demande me paraissait stupide, et d'autres personnes attendaient dans la pièce d'à côté. Quelques jours plus tard, j'apprenais que ce garçon s'était jeté sous un train.

– Et alors ? s'exclama Manuela. Il avait peut-être une peine de cœur.

Mais Basile revenait à la charge :

– Je n'avais pas su entendre sa demande. Mon œil ne l'écoutait pas. J'aurais dû voir que sa main tremblait...

Avec Hautepin, maintenant, c'était l'inverse. Un homme arrivé au soir de sa vie réclamait, de façon claire et apparemment en toute lucidité, le moyen d'y mettre un terme. Ne fallait-il pas l'écouter, lui aussi ?

Basile n'avait aucune opposition de principe au suicide. Cela dépendait de tant de choses... S'il lui paraissait intolérable qu'un garçon de vingt ans se jette sous un train, qui pourrait interdire à un vieillard solitaire, n'attendant plus rien de l'existence, de s'endormir définitivement ? Il pensait au mal qui le rongeait. Saleté de cancer ! Cet amoureux de la vie ne comprenait pas que l'on veuille s'en détacher.

Philippe Hautepin lui-même, lors de son arrestation en 1943, n'avait-il pas renoncé à avaler la pilule de cyanure qu'il portait constamment sur lui, sachant pourtant que les pires sévices l'attendaient ? Cet épisode avait beaucoup fait réfléchir BB quelques années plus tôt. Il continuait à se demander ce qu'il aurait fait, lui, en pareille circonstance.

– Ah, si seulement je pouvais lui parler ! nous disait-il.

Ayant évoqué la possibilité de sortir de l'hôpital une demi-journée, il s'attira un non formel du professeur Valadier. Et Manuela le réprimanda avec colère :

– Toi aussi, tu veux te tuer ?

Puis, s'en voulant d'avoir prononcé ces mots, elle lui dit avec douceur :

– Attends d'être guéri. Ce n'est pas en te voyant dans cet état que ce type retrouvera le goût de vivre.

Il était trop faible pour protester. J'essayais de le distraire en attirant son attention sur d'autres lettres arrivées rue Raymond-Losserand, mais il revenait toujours à Hautepin. Celui-ci – selon le rapport d'enquête du détective – n'était plus en relation avec personne depuis plusieurs années.

– Qui pourrait bien se faire entendre de lui ? demandait Basile.

– Tu ne veux tout de même pas que Manuela aille lui jouer de la flûte ! s'exclama Marinelli.

– Je pense à quelqu'un, dit soudain BB.

Et, au bout de quelques secondes :
– Jean. Oui, Jean Aurenge.
– Que vient faire la SNCF dans cette histoire ? s'étonna le patron d'Autres Terres.
– Jean a été dans le maquis du Vercors. Seul un ancien de la Résistance pourrait trouver grâce aux yeux d'Hautepin.
On téléphona au mari de Jeanne. Il était prêt, bien sûr, à faire n'importe quoi pour Basile. Luco proposa d'aller le chercher et de le conduire en moto jusqu'aux Lilas Bleus.

Sur le coup, Philippe Hautepin accueillit ce nouvel émissaire par un mouvement de colère. Mais Jean Aurenge déclina tout de suite ses titres de Résistance, comme BB le lui avait conseillé.
– Je comprends que Basile Batrakani ne puisse pas venir, répondit l'homme au fauteuil roulant. Mais pourquoi m'envoie-t-il tant de monde ? Je lui ai demandé un service précis, dont vous êtes peut-être au courant. Veut-il, oui ou non, me rendre ce service ?
Jean Aurenge prononça alors quelques phrases embarrassées. Puis, dans le long monologue qui suivit, il ne put s'empêcher de laisser parler ses convictions. Pour ce militant d'Action catholique, la vie n'appartenait qu'à Celui qui l'avait donnée.

– J'ai déjà entendu ça, marmonna son interlocuteur. Ma femme, qui faisait les mêmes imprudences que vous dans le Vercors, a eu droit à un aller simple pour Ravensbrück en 43. Mais c'était la guerre, n'est-ce pas ? On se battait, on vivait. J'ai beaucoup aimé les quelques années qui ont suivi. En 59, un chauffard, avec deux grammes d'alcool dans le sang, a heurté de plein fouet la voiture qui transportait mes deux fils. Dieu me les avait donnés, comme vous dites. Il me les a repris un peu vite, vous ne trouvez pas ?

# 49

Hautepin voulait mourir. Il y avait divers moyens de lui donner satisfaction. Basile ne s'étendait pas là-dessus, mais je savais qu'il lui suffisait d'un simple coup de téléphone pour fournir ce service. Il comptait dans ses relations plus d'un pharmacien, plus d'un membre des services secrets. Je pense entre autres à ce mystérieux « docteur Loiret », paisible fumeur de pipe, que j'avais croisé deux ou trois fois rue Raymond-Losserand...

Non, la difficulté n'était pas de nature matérielle. Il s'agissait simplement de savoir dans quel sens aider Hautepin. Je sentais que mon cousin oscillait entre deux attitudes. Cette affaire remuait en lui des sentiments complexes. Sans doute le ramenait-elle immanquablement au kilomètre 65, sur la route d'Alexandrie.

Ingénieur de formation, Philippe Hautepin avait retrouvé après la guerre un poste dans la recherche.

Il aurait pu faire, comme tant d'autres, une carrière politique, mais sa rigueur, son orgueil et peut-être son mauvais caractère l'en avaient empêché. Il gardait cependant des contacts avec d'anciens camarades de clandestinité. Ayant fait sa connaissance à l'étude de maître Plessis-Pontel à l'occasion d'une affaire de succession, Basile avait aussitôt sympathisé avec lui. Il avait pu, par son intermédiaire, entrer en relation avec plusieurs gaullistes influents. Mais Hautepin s'était progressivement replié sur lui-même après la mort de ses fils.

BB se souvenait d'anciennes conversations avec l'ingénieur. De toute évidence, cet homme l'avait marqué.

– Il paraît qu'au retour des séances de torture, le corps brisé, des résistants trouvaient encore la force d'un regard ou même d'un sourire pour rassurer leurs compagnons de cellule. Ce qui veut dire, Aristote, qu'un service est toujours possible, à la portée de n'importe qui.

Cela lui inspirait toutes sortes de métaphores, comme s'il visualisait l'effet de ses services :

– Pour sortir les gens du pétrin, il suffit parfois de très peu de chose. Un tout petit coup de pouce. Pour permettre à un type à terre de se relever, pour lui faire la courte échelle, il suffit de faire tourner imperceptiblement la grande roue de la chance…

Dans ce cas précis, ce n'était pas vrai. Hautepin

voulait mourir, et son entêtement aggravait l'état de BB. Le professeur Valadier nous fit part de ses inquiétudes, mais nul n'y pouvait rien. Avec Manuela, nous passions de longues heures dans la chambre de Basile, essayant vainement de l'intéresser à autre chose.

– Non seulement je ne sais pas aider Hautepin, se lamentait-il, mais il refuse de me parler.

C'était comme ces gens qui, faisant semblant de ne pas le reconnaître, l'empêchaient d'exister.

Récrire à Philippe Hautepin ? Basile savait que cela ne servirait à rien. Il n'était d'ailleurs pas un homme de plume. C'est de vive voix qu'il se faisait entendre : face à face ou, à défaut, par téléphone.

– Ah, si seulement je pouvais lui parler ! répétait-il.

Nous étions tous à bout de nerfs. De pénibles cauchemars perturbaient mes nuits. Je rêvais que Basile m'appelait auprès de lui et, après m'avoir demandé de fermer la porte de la chambre, me glissait à l'oreille :

– Voudrais-tu me faire un plaisir ? Cette maladie m'épuise. Je ne supporte plus la douleur. Toi seul peux m'aider à en finir.

Je m'enfuyais dans le couloir, entraînant avec moi un malade en fauteuil roulant.

Ou encore c'était Zeina Daccache, élue Miss Égypte, qui venait en visite à l'hôpital. Violemment maquillée, chaussée de hauts talons, elle apportait une corbeille de fleurs. Mais elle était presque nue :

seul un collier de perles blanches étincelait sur ses seins. En la voyant, mon cousin perdait connaissance, et je tentais vainement de le ranimer.

# 50

Le professeur Valadier avait décelé chez Basile une infection pulmonaire.

– C'est grave, je ne vous le cache pas, dit-il à Manuela.

Elle éclata en sanglots.

La gorge nouée, je la pris par le bras pour l'emmener faire un tour au jardin. Comme frère et sœur, en orphelins. Sans celui que je me surprenais depuis quelque temps à appeler Baba.

Ses essoufflements s'étaient accentués. Il avait du mal à respirer. Cela ne l'empêchait pas de répéter :

– Je connais la détermination de Philippe Hautepin, il réussira à se tuer.

BB faisait une fixation sur la porte-fenêtre de la chambre 12, dont on lui avait parlé. La fermeture à double tour et même les barres de protection ne le rassuraient pas : l'homme au fauteuil roulant pouvait se jeter du premier étage. Il était capable aussi de se fracasser la tête contre un mur ou de se laisser mourir de faim...

Basile était persuadé maintenant que la vie de Philippe Hautepin était entre ses mains.

Luco finit par perdre son calme. Il se lança soudainement dans l'une de ces sorties incohérentes dont il avait le secret :

– Y en a marre de la non-assistance à personne en danger ! Y en a marre de tous ces dangers publics ! Publics ou privés, on s'en fout. Privés de quoi, tu peux me dire ? Mais je vais aller leur dire, à ces salauds...

Je le regardai avec effarement, ne sachant comment le faire taire. Il quitta la chambre brusquement.

Manuela alla prendre sa flûte. Au bout de quelques notes, elle dut s'interrompre, les yeux embués de larmes.

Sur sa moto, Luco fonçait à une vitesse folle en direction de Saint-Germain-en-Laye. Il dut griller deux ou trois feux rouges, sans même s'en apercevoir. Vingt minutes plus tard, il faisait irruption dans la chambre de Philippe Hautepin et refermait la porte d'un coup de pied.

– Voici ce que vous cherchiez, lança-t-il à l'homme

au fauteuil roulant, en lui tendant son couteau à cran d'arrêt.

– Qui êtes-vous ? demanda calmement Hautepin.

– Je suis un ami de Basile Batrakani.

– C'est lui qui vous envoie ?

– Je vous dis que je suis un ami de Basile.

– Et moi je vous demande si c'est lui qui vous envoie.

Luco, qui tendait toujours son couteau, perdit alors tout contrôle de lui-même. Des larmes dans la voix, il se mit à crier :

– Mais vous ne voyez pas, nom de Dieu, que vous êtes en train de le tuer ! Depuis des jours, il se ronge les sangs à cause de vous. Un sang malade. Un vrai malade, lui. Pas en fauteuil roulant. Pour qui roulez-vous avec votre fauteuil de merde ? Ce n'était pas la peine d'emmerder le monde si vous ne vouliez pas de ce couteau...

Il pleurait comme un enfant, passait d'une idée à l'autre, mélangeait tout. Il parlait de sa mère, qui n'avait pas eu besoin de couteau :

– Elle a fait ça avec une bouteille. Le goulot cassé. Et le père qui s'est cassé dans la foulée. J'aurais dû vous apporter une bouteille...

– Calmez-vous, murmura Hautepin.

Son regard avait changé. Comme si, brusquement, un voile s'était déchiré.

– Je vous dis qu'il est en train de mourir ! cria Luco en sanglotant.

– Calmez-vous, mon petit, répéta Hautepin, en rapprochant son fauteuil roulant.

Il prit le couteau et le remit dans la poche du blouson de Luco. Puis, de la main, il désigna sa table de chevet :

– Pourriez-vous, s'il vous plaît, brancher cette prise de téléphone ?

Basile était déjà sous oxygène quand la sonnerie retentit. C'est Roger Marinelli, présent avec nous à son chevet, qui prit la communication. Il hésita quelques instants avant de lui passer le récepteur, craignant un choc émotionnel trop violent. Mais il savait que son ami n'en avait plus pour longtemps à vivre.

Les yeux mi-clos, le récepteur coincé entre sa joue et l'oreiller, BB écoutait, répondant à Hautepin par des sourires. J'ignore ce que lui confia l'ancien résistant mais, tout l'après-midi, il s'y accrocha comme à une bouée.

Luco nous rejoignit un peu plus tard.

– Merci, lui dit Basile d'une voix frêle, à peine audible.

– C'est un plaisir, répondit Luco avec douceur.

# 51

Mon cousin n'avait ni successeur ni héritier. Avec lui, le réseau disparaissait, et aucun de nous n'était destiné à en constituer un autre. Chacun allait partir de son côté, gardant à jamais le souvenir d'un homme rayonnant et discret. Une lueur dans l'ombre.

En sortant du cimetière, Luco a enfourché sa moto et dévalé la longue rue bordée d'arbres, le visage au vent, sans doute pour sécher ses larmes. Quelques jours plus tôt, Roger Marinelli avait promis à Basile qu'il ne le laisserait pas tomber.

Manuela s'en est allée avec sa flûte et son petit sac, aussi légère qu'elle était venue. Elle a joué du Mozart tout l'après-midi, sur la berge, près du pont de la Tournelle.

Conformément au bref testament déposé chez maître Plessis-Pontel, une association caritative reçut l'appartement de la rue Gay-Lussac et les quelques obligations que détenait encore BB.

– Aristote, m'avait-il murmuré la veille de sa mort, tu peux garder mes répertoires si ça te chante. Ils ont l'air de t'intéresser, mais je ne sais pas ce que tu pourrais en faire.

Je n'eus même pas la force de dire merci. Le chagrin paralysait ma bouche, mes yeux, mes mains... J'étais en train de perdre celui qui m'avait indiqué le vrai code de la route : oser demander, recevoir avec générosité, ne pas rendre forcément. Je voyais s'éloigner celui qui m'avait « désorientalisé » tout en me donnant la fierté d'être oriental.

Les répertoires sont toujours là, Basile, avec les boîtes à chaussures remplies de cartes de visite. Des boîtes à chaussures...

Oui, ils sont bien là, à portée de ma main : le bleu, le noir, le vert, le havane... Inutiles et infiniment précieux. Je les feuillette de temps en temps, les soirs d'été dans le jardin. C'est mon *mazag*.

## Du même auteur

AUX ÉDITIONS DU SEUIL

Les Nouveaux Chrétiens
*1975*

Le Défi terroriste
*coll. « L'Histoire immédiate », 1979*

Le Tarbouche
*roman, 1992*
*Prix Méditerranée*
*et coll. « Points », n° P 117, 1995*

Le Sémaphore d'Alexandrie
*roman, 1994*
*et coll. « Points », n° P 236, 1996*

La Mamelouka
*roman, 1996*
*et coll. « Points », n° P 404, 1997*

L'Égypte, passion française
*1997*
*et coll. « Points », n° P 638, 1999*

Les Savants de Bonaparte
*1998*

La Pierre de Rosette
*(en collaboration avec Dominique Valbelle)*
*1999*

AUX ÉDITIONS STOCK

Alexandrie l'Égyptienne
*(en collaboration avec Carlos Freire)*
*1998*